周小蕾——著

情念李煜

问君能有几多愁

——从跌宕曲折一窥李煜的悲情人生

心系纳兰

人生若只如初见

——在饮水词中探寻纳兰的幽婉心事

中国纺织出版社

内 容 提 要

葬送一脉江山，换得千古绝唱的李煜，其一生留给世人最真切的隐痛。他只求于乱世中舞文弄墨，看尽世间百态，却终究逃不过宿命的千千结。在风雨中飘摇，最终迎来一场断肠悲剧。另一位词作天才纳兰性德曾说：“我是人间惆怅客，不是人间富贵花。”他的一生以风雅为性命，以真心之字，诉衷情之心。他的名字被后人谨记，不是因为他的家族光环，亦非因为其宠臣近侍的身份，而因为他横绝一代的词。家家争唱饮水词，纳兰心事几人知？

本书对李煜和纳兰的人生及作品进行了别开生面的描绘与阐释，复原了两位词作天才的忧伤面影和久违的文学现场，展现了李煜和纳兰的深远影响，表达了词人对纯粹心灵的向往。

图书在版编目（CIP）数据

情念李煜，心系纳兰 / 周小蕾著. —北京：中国纺织出版社，2016.9（2022.8 重印）

ISBN 978-7-5180-2614-2

Ⅰ.①情… Ⅱ.①周… Ⅲ.①李煜（937~978）—词（文学）—诗歌欣赏②纳兰性德（1654~1685）—词（文学）—诗歌欣赏 Ⅳ.①I207.23

中国版本图书馆CIP数据核字（2016）第105320号

策划编辑：郝珊珊　　责任印制：储志伟

中国纺织出版社出版发行

地址：北京市朝阳区百子湾东里A407号楼　邮政编码：100124

销售电话：010—67004422　传真：010—87155801

http：//www.c-textilep.com

E-mail：faxing@c-textilep.com

中国纺织出版社天猫旗舰店

官方微博http://weibo.com/2119887771

佳兴达印刷（天津）有限公司印刷　各地新华书店经销

2016年9月第1版　2022年8月第3次印刷

开本：710×1000　1/16　印张：13

字数：97千字　定价：38.00元

序言

“作个才人真绝代，可怜薄命作君王。”清人郭磨寥寥数语，便勾勒出李煜的悲情人生。

“南唐后主”是历史给他戴上的沉重皇冠，这顶皇冠将他囚禁在金碧辉煌的龙椅之上，使他成为中国历史上最平庸的皇帝之一；所幸，历史还留给了他一种清雅的文学体裁——词，一根轻盈的湖州狼毫，一方细腻的老坑洮砚，他便成为历史上一代词宗。

南唐政权建立于公元937年，定都金陵，疆域辽阔。长久浸淫在江南文化之中的李煜，和父亲李璟一样，喜读诗书而不善权术，因为世袭而被推上皇位之后，他便彻底远离了春风暖雨、落絮飞雁的诗意生活——虽然在他的早期诗作中仍留给世人这样的幻觉，但事实上，穿过那些莺莺燕燕的歌舞，拨开那些余音袅袅的丝竹，李煜的内心惨淡而寂寞。

直至兵临城下，肉坦出降，他完成了身为皇帝最后的仪式，也由此开启了他词作的巅峰之途。至真至纯至悲，至精至情至雅，褪去了君主的外衣，他终于显现出温润君子的底色，只是这底色中夹带着无尽的唏嘘与悲怆，江南一梦，故国难别，命运激起的浪花终于浸湿了词人的眼角，惶然哀戚的低鸣也引来了牵机药。几十度春秋拼凑出李煜跌宕起伏的一生，数十首词作是他留给世人珍贵的印迹。这一份印迹，值得后人为之默然，为之慨叹。

同是皇室贵族，相比李煜的浓郁悲情，纳兰性德的哀伤则如暮春之雨，亦如雨中之荷，浑然天成，缠绵不绝。

世人常感叹他的温润，如水如玉，淡泊静远。虽为世家子弟，出身显赫，竟毫不沾染浮华之气，就像一颗洁白的莲花，从盛世旧梦里缓缓升起。他的一生不偏不倚，没有宦海沉浮的惊心，也没有征战杀伐的激荡，唯有一场生离死别的爱情，足以令他痛彻心扉。

世间再难见到这样的才子，流淌着贵族的血脉，却吟唱着凡人的悲哀；身着锦帽貂裘，却有着悲悯苍生的情怀；食尽玉盘珍馐，周身却散发着蔬笋之气。他名为武将，却厌倦羁旅行役，出征漠北，却被满天星空搅碎乡情。他天生情种，对结发之妻一往情深，悼亡之音由此响彻词史。

三十载短暂岁月，打捞出一本传世的《饮水词》，只是**“家家争唱《饮水词》，纳兰心事几人知”**。渌水亭下，珊瑚阁中，他时而痛饮高歌，时而挥毫泼墨，时而为友人的生死忧心忡忡，时而为亡妻的音容不胜悲痛。

康熙二十四年（公元1685年），纳兰性德溘然长逝，远去的背影终于化作一袭白衣，在历史的幽静之处，他还在听梅花落英，蓬草呜咽，深山夕照深秋雨。

周小蕾

2016年初春

目录

上篇
落花流水春归去——一种销魂是李郎

第一辑 前身·晚凉天净月华开

第二辑 爱恋·啼笑因缘成佳话

第三辑　亡国·一江春水向东流

第四辑　西去·梦里不知身是客

第五辑　轮回·清雅才情世永存

下篇
我是人间惆怅客——纳兰容若的爱恨别愁

第一辑　诞生·谁怜辛苦东阳瘦

上篇

落花流水春归去——一种销魂是李郎

第一辑

前身·晚凉天净月华开

第一节　六朝遗梦金陵城

逶迤长江尾，盈盈秦淮畔，六朝古都金陵自古便是热闹繁华之所在。它倚仗着绝佳的山水形势，云蒸霞蔚，钟灵毓秀：以钟山为首的群山，如蜿蜒的巨龙盘旋在其东南，城西以石头山为终端的层叠山峦，又恰似猛虎雄踞在浩瀚江岸；南拥秦淮、北倚后湖，易守难攻，颇具霸王之气，自然成为安邦定国之首选，兵家必争之要塞。

金陵建城的历史可以追溯到群雄逐鹿的春秋时期，史书所载的吴越之争便发生在此地。

吴王夫差曾经在金陵城西的一座土山上筑“冶城”，利用此处丰富的金属矿藏，冶炼兵器；越王勾践吞吴称霸之后，更是在金陵筑起“越城”，亦称越台。相传越大夫范蠡曾亲自率军驻守，故又称“范蠡城”。斗转星移，战乱不休，至公元前333年，楚国灭越，“范蠡城”便成了楚威王的天下。

相传当时就有民间方士向朝廷进言，说是这越城里紫气东来，隐隐有一股“王气”缭绕，日后必定是英雄辈出，如果施以法术治之，或许会威胁到楚国将来的统治。楚威王熊商听到这番言论，忧心忡忡，日夜难安，便重金向方士讨教一破解之法。为了确保自家的山河能够代代相传，他特地在狮子山以东的方向埋下了一个金子熔炼的小人，用来镇压越城地下不安分的“王气”，并将金人陵寝所在的越城一带改名为“金陵”，更是在石头山上修筑了一座金陵邑，誓将楚王的统治宣告天下。

而这“王气”之说，不过是误打误撞，却为后人留下了浪漫的秦淮之名。

秦始皇嬴政统一六国后，曾经五次出巡，一个有趣的插曲就发生在秦始皇最后一次东巡的时候。当时，他和群臣在巡游途中路过金陵，与他随行的几个术士看到金陵城四周山势高峻、地形险要，也向他进言说金陵有王气。

嬴政自称“始皇帝”，独断专权，威名四方，本就希望后世继位者能够延称二世皇帝、三世皇帝，世世代代“传之无穷”。听闻此言，秦始皇龙颜大怒，当即调遣工匠，凿断了方山的地脉，并且下令让淮水改道，让它穿过金陵与长江汇合，用源源不断的活水带走这些所谓的“王气”。因此，流经金陵的这一段淮水就有了一个浪漫的名字——秦淮河。

然而金陵独特的地势环境并没有因此改变，这个山环水绕的地方，注定会生发出许多可哀可叹、可感可兴的故事。所谓的“王气”到底会不会孕育出英雄尚未可知，但是天之骄子往往都会选中这方宝地，修缮行宫，指点江山。

金陵成为一国之都的历史，始于三国时期的公元229年。据说，早在建安十三年（公元208年），蜀相诸葛亮奉命出使江东，也曾经对金陵的天然地势赞不绝口。他曾对孙权说：“秣陵地形，钟山龙蟠，石头虎踞，此帝王之宅。”果不其然，东吴大帝孙权在此迈出了军事发展的第一步，在东傍钟山、南枕秦淮、西倚大江、北临后湖的天然屏障之内，借助山川形势，利用崖壁天堑，建造了雄伟坚固的石头城，并且改金陵为建业，表示了在此建立帝王功业的决心。从此之后，金陵城便总是以金粉辉煌、奢靡富饶的形象出现在诗书画卷之中。

继东吴之后，东晋以及南朝的宋、齐、梁、陈均在此建都，故金陵城有“六朝古都”之称。南朝齐国谢朓的这首《入朝曲》便高度概括了金陵城的旖旎风光：

入朝曲

江南佳丽地，金陵帝王州。

逶迤带绿水，迢递起朱楼。

飞甍夹驰道，垂杨荫御沟。

凝笳翼高盖，叠鼓送华辀。

献纳云台表，功名良可收。

自东吴开始，建康（即金陵）的人口不断增加，随之而来的便是地域的不断扩张，数不清的亭台楼阁如同雨后春笋一般，孕育在江南的烟雨中。

皇城的宫苑高耸巍峨，威仪棣棣，透露出不可侵犯的庄严气息；画檐朱楼鳞次栉比，密密麻麻地夹住了宽广的街道。护城河两岸的垂杨柳，在漫长的岁月里成长为绵密的浓荫，婀娜婆娑，几乎遮住了蜿蜒曲折的水流。街道上车水马龙、人影憧憧，舒缓清扬的笳声、规律有节的鼓声护送着华美的车轿……

在魏晋南北朝这一段中国历史上政权更迭最为频繁的时期，金陵城倚仗长江天险，坐靠虎踞龙盘的重山，加上江淮平原土壤肥沃、资源充足，水路畅达，交通便利，虽然屡屡发生改朝换代之事，但政治上的纷纷扰扰似乎并未影响它在经济文化上膨胀性的发展，它一度成为同时代闻名世界的大都市。

被温润的南朝文化滋养的建康，更是与西方的古罗马齐名，被称为人类古典文明的两大中心。政局相对稳定，经济发达、文化兴盛，人民自然而然休养生息、繁衍子孙，金陵成为世界上第一个人口超过百万的城市。

有多少高楼平地起，就会有多少宫城化为断壁残垣。六朝古都金陵，自然是见惯了兴亡盛衰之事。孙皓降晋、陈叔宝降隋城，历史总是惊人地相似，城中每一块石头、每一棵树都见证了众多的故事，厚重的历史气息，看淡风云变幻的苍凉，正是这个城市独有的魅力。

第二节　乱世戎马定江山

唐朝末年，纷争不断，各地的起义军揭竿而起，中原长达数百年的统一局面最终被打破，各地藩镇割据，划界而治，纷纷扩张地盘，称王称霸。中国历史从此进入动荡分裂的“五代十国”时期。

李昪和他的父亲李荣，正是在唐末之乱中分离。李昪不知父亲所终，他的母亲也在连天烽火中去世，只留下了年幼的彭奴在世间流浪。在兵荒马乱的年代里，这个无依无靠的孤儿只能栖身寺庙之中，成了一个扫地敲钟的小和尚。不明白乱世纷争的他，只求每天都可以吃饱穿暖，过上安稳平静的生活，若不是机缘巧合遇到了杨行密，他或许永远都想象不到传闻中乱世枭雄的模样，或许永远都不会懂得铁血男儿指点江山的雄伟志向。

唐乾宁二年（公元895年），杨行密攻打濠州得胜之后，为了抚慰民心，特意到当地的寺庙拜佛布施。在这与世无争的僻静地方，在禅房服侍的小和尚彭奴倒是引起了他的注意，他觉得这个小孩样貌俊秀、举止机敏，眼神之中更是隐隐透出一股聪慧和倔强来，如果能够把他带在身边细心教养几年，日后有所大成，必定能为他的雄图霸业锦上添花。

当即，杨行密就决定将这个黄毛小儿收为义子。

奈何杨家子嗣众多，而且各个心高气傲，根本不愿将出身低贱的彭奴作为兄弟，无奈之下，杨行密只得割爱，将他交给了自己最信赖的部将徐温抚养，并为他取名徐知诰。

徐温本来就是一个侠肝义胆的草莽英雄，在唐末动乱之中以贩卖私盐为生，而且身怀武艺、勇猛过人。杨行密起兵后，他就一直忠心追随，更是以江湖豪杰的义气与忠厚深受杨行密的赏识，在杨氏部族中脱颖而出，和杨行密结为莫逆之交。

徐知诰进入徐府时虽然年幼，却因为命运多舛而比同龄人更加成熟懂事。他恪守孝道，温顺恭谨，侍奉徐氏夫妇比其亲生子女更加勤勉用心，晨昏定省从来不敢懈怠。身在将门，他一直跟随杨行密、徐温等乱世英雄南征北战，自然也就知道了文治武功的重要性，所以在学业武艺上更是肯用心苦练，加上其天资聪颖，很快就从同龄人中脱颖而出。

杨行密从徐温处得知徐知诰进步神速、为人恭谨，有大将之才，更是为自己有识人之智而欣喜若狂，他不只一次地在人前称赞："知诰俊杰，诸将子皆不逮也！"

乾化二年（公元912年），徐知诰协助主将柴再用前往宣州攻打李遇，战功赫赫，从升州队遏兼楼船副使被提为升州刺史。升州，即素有"虎踞龙盘"之喻的金陵城。日后南唐与金陵的渊源，可以说此时便已经拉开了帷幕。

当年隋文帝灭陈之后，为了避免日后有人坐拥江淮与之分庭抗礼，曾下令将千古帝王州的金陵闲置，他将金陵城传承了数百年的宫殿、城池、军营尽数毁去，或辟为农田，或任其荒芜。整个隋唐时代的金陵，都弥漫在一种清冷苍凉的氛围之中。唐末的动乱纷争更是使得江淮地区长期笼罩在战火之中，饱受战火之苦的黎民百姓无不盼望着安定有序的生活。

当时江淮一代属于杨吴的统治区域，这些在刀剑烽火中浴血拼搏出来英雄们，只懂得征战杀伐，根本不知如何文治天下。他们习惯于用蛮横霸道的武力解决一切，使当地百姓怨声载道，所以当徐知诰到任升州刺史，着手治理升州时，他出色的政治才华便展现在世人面前。

徐知诰执政后，为了安定民心，遂宽缓刑法，推广恩信，他提倡轻徭薄赋，奖励农桑，大力鼓励百姓从事生产；他整顿官僚，任用贤才，还建造延宾亭用以接待四方之士。宋齐丘、骆知祥、王令谋等人都成了他的重要谋士，一时间，升州境内的寒门布衣，凡有所学者，皆投奔徐府。几年时间里，就使得升州府库充盈、人民安居乐业，为他赢得了广泛的民心。

此时，尽管徐温身居金陵，遥秉大政，但升州传来的消息仍让他感到隐隐不安。

显然，徐知诰所表现出来的显赫政绩足以威胁到他的养父徐温。这个昔年的英雄好汉如今已经进入人生的暮年，纷乱的世间，他对父子相争、骨肉相残的事情早已了然于心，他深知，养子如此出众，自己的亲生骨肉根本不能与之相较。最重要的是，他看懂了徐知诰眼神背后的欲望，与自己的野心何其相似，猛虎一样的人，本能地会把对方当作生死拼搏的敌手。

徐知诰也明白养父的想法，心中的猛虎虽早已苏醒，却终究被自己的忠义观念所束缚，始终没有迈出篡位夺权的那一步，直到徐温去世之后，徐知诰才挥兵北上，最终夺取了杨吴政权。

天祚三年（公元937年），徐知诰受禅称帝，建立齐国，改元升元，并尊杨溥为高尚思玄弘古让皇帝，追尊徐温为忠武皇。

那一年，金陵城格外热闹。

听闻徐知诰要回到金陵，并在此定都，沉寂许久的金陵城迎来了一阵阵骚动，百姓都翘首企盼着他们的刺史大人能够尽快归来。明媚的阳光下，就连运河边的古柳，也褪去了离别的酸辛，招展着迎接帝王归来。

犹记得当初，杨吴政权刚刚占领江淮，武将治国，人们心中真是忧惧交加、五味陈杂。可是他们何其幸运，遇上了年少时的徐知诰，他本就在乱离中成长，深知庶民之苦。他善于用兵，更擅长治兵，能够带领他们守护地方而不侵扰百姓；他轻徭薄赋、鼓励农桑，能够引导百姓自给自足。在他的治理下，布衣安居江淮之地，兴发文教百业。金陵城成为乱世中的一片乐土。

昔日才俊归来，是开朝立都的大事，纵使国君节俭，该有的礼仪规模却不能省略，崭新的宗庙开始修建，倾颓的楼阁开始翻修，兴路清河，整顿城池，坊市日益喧闹起来，人潮逐渐热闹起来，秦淮河的灯火，晃了静夜星辰的眼。

升元三年，徐知诰恢复李姓，改名为昪，自称是唐宪宗之子建王李恪的四世孙，又改国号为唐，定都金陵，这就是历史上所谓的南唐。

李昪在位期间，对外坚持弭兵休战，以保境安民，对内则兴利除弊。他礼贤下士，虚心纳谏。由于连年征战，从中原一带流落江淮的难民源源不断，李昪积极妥善安置，实行轻徭薄赋政策，使南唐社会经济得到很大发展，一跃成为“十国”中的强者。

第三节　黄粱一梦终成空

历代的君主都有一个共同的想法，就是希望并且相信他们的子嗣延绵，江山永固。李昪更是如此，他太了解建家立业的艰辛，也知道王室衰败的凄惨，随着南唐权势的扩张，李昪的野心也日益膨胀，他几乎把所有的心思和热情都花在了笼络人才、积蓄实力之上。不难想象，一个毫无家族势力、出身寒门的孤儿，动荡的时局中凭借一己之力巩固一个新生的国家，是一件多么困难的事情。

然而，李昪在国事上耗费的心血越多，留给家庭的时间就越少，父子之间的交流更是寥寥无几。李昪自幼丧父，养父徐温对他虽是疼爱，终究含着几分忌惮，可以说，他既没有体验过真正的父子亲情，也不知道如何面对幼子。因此，李璟出生后，他根本不知如何春风化雨，将治军的胆识、用人的智谋、治国的礼法等帝王之道传授于他。

李璟的母亲乃是元敬皇后宋氏，在尊崇宗法制的封建家族里，嫡长子的身份让他从出生起便自带荣光。李璟弱冠之时，正是他的父亲南北征伐的阶段，他亲眼目睹了父亲的辛苦奔逐，亲身经历了改朝换代的巨变；他眼看着杨吴子孙落败而去的狼狈模样，也见证了那金陵城里高楼渐起的繁华盛景，他自然懂得王位得之不易，也明白江山百姓之所需。

在李昪看来，纵然李璟不是开疆扩土的绝世英才，至少也应该是一位恪尽本分的守成之君。可这般期望对于成长中的李璟而言，却是一种日渐沉重的负担。

年幼之时，每次父亲戎装归来，他都会莫名地焦虑。他害怕那充满希冀又异常严苛的眼神，更怕答不出话时狼狈难堪的局面，即便稍大一些，学习骑射策略的时候，他依旧会手心出汗，紧张不已，可越是担忧越是出错，他甚至会不住地想，或许自己永远都不可能满足父亲的要求，帝王之家的宫宇转眼便成了埋葬自尊的坟茔。

终于，他可以写出合格的策论了，能够装模作样与贤士辩论了，表面上看来，他在一点点接近父亲的期望。然而他身心俱疲，仿佛有股无形的力量死死地拽着他，让他不得不投入那令人窒息的权力争夺中。

唯有在深夜，在明月与诗词的浸润下，他才能得到那么一丝丝喘息……

李昪年少大成，晚年却极其崇尚道术，因长期服用丹药，个性变得暴躁易怒。升元七年（公元943年）二月，李昪背上徒生脓疮，不久便病情恶化，在升元殿去世，终年五十六岁。同年三月，李璟继位，为南唐元宗，改年号为保大。

根据史书的记载，李璟即位不久便开始大规模对外用兵，早年被压抑的虎豹之心终于有所喷泻，父亲多年以来奉行休养生息的国策，为他的兴兵征战积聚了足够的财力物力。几番征战连连得胜，大军先后消灭了楚、闽二国，攻城略地，收服百姓。至此，南唐进入全盛时期，治理三十五州，大约地跨今江西全省及安徽、江苏、福建和湖北、湖南等省的一部分，人口达500万之多，成为江南一代最为繁华的所在，疆域辽阔、国力雄厚，坐拥江淮之鱼米，囊括天下之英才，所谓“比年丰稔，兵食有余”，为后来中国南方经济的崛起奠定了基础，南唐也因此成为中国历史上重要的政权之一。

然而，李璟就像是一只金丝雀，从破壳那日起，便被禁锢在美轮美奂的鸟笼中。虽然李昪长年精心教育，想尽方法教给他翱翔九天之方法，却从来没有打开鸟笼让他亲自体验过蓝天的广阔。随着父亲离去，或许是血脉相承的本能，或许是潜移默化的教育，他迅速地张开翅膀努力飞翔，殊不知世事险恶，短暂的自由之后便是独自掌舵的迷茫。

胜利似乎来得太过容易，李璟的自信心迅速膨胀起来。他以为自己的才干、功绩早已远在父亲之上，唯我独尊的快感蒙蔽了宽仁爱民的心性，他开始愈加盲目自大、奢靡放纵。他以冯延巳为翰林学士，冯延鲁为中书舍人，陈觉为枢密使，魏岑、查文徽为副使，此五人都是贪赃枉法之徒，被南唐人称为“五鬼”，但在甜言蜜语之下，李璟全然不顾朝臣谏言，还一度自绝言路于百姓，南唐的根基至此开始腐烂动摇……

第四节　少年不知愁滋味

公元937年七夕夜，满天星辰，王府中新添了一位小公子——李煜。

七月初七，是民间传说牛郎织女鹊桥相会的日子，如此良辰美景下，小公子的诞生便可谓是喜上加喜。令人惊叹的是，这小儿睁开眼的时候，居然天生是一目重瞳，眼波清亮、眼神纯粹，那层叠的眸子一者像旭日，明亮而温暖，一者像新月，绰约而清亮，又仿佛是七夕夜璀璨的星辰落在了他的眸子里。

古时，人们常把超出自己理解范围的事情，加之以浪漫的解读，奉之以真诚的信仰。他们深信，冥冥之中自有天道在安排一切的人事祸福，而位于百姓万民之上的君主，自然是天降的统领，是上天挑选出来的圣人。既然是圣人，出身之时便伴随着天之异象，以彰显其血统之尊贵。

在迷信传说中，重瞳也是天赋异禀，是神赐的异象。

那多出来的一颗瞳孔，璀璨而神秘，似乎能够看到常人看不到的东西，因而中国古代的相术将重瞳这种异相视为吉利和富贵的象征，认为重瞳者往往有帝王将相的命格。在中国历史上，有据可考的重瞳者，如三皇五帝之一的虞舜，春秋霸主晋文公重耳，西楚霸王项羽，雄霸西域的后凉国王吕光等，无一不是万人敬仰的天之骄子，神异之说让他们本身极具传奇色彩，他们的人生经历更是为这些传言谈资增添了神秘的魅力。

而这个一出生便眼含日月星辰的孩子，注定是天地的宠儿，是自然浩荡孕育的多情公子。小小的孩儿被取名为从嘉，李氏之姓足以给予他安稳富贵的一生，从嘉之名则饱含着父辈对他的祝愿，希冀他这一生能够顺遂安康。

富庶而又浪漫的金陵，孕育出六朝金粉的温柔缱绻，它的水土日月，它的历史文化滋养着生长于斯的芸芸众生，它的安逸闲适更是浇灌了童年李煜的灵与肉，在此地，从嘉就是最受宠、最娇惯的小公子，他在华美富庶的金陵城中悠游，在安定的社会环境中成长，既不知战乱的恐怖，也想象不到父辈会有着一段食不果腹、衣不蔽体的童年时光。同样地，充满灵性的少年也不愿去考究那些枯燥的策论和无趣的帝王之法。

从嘉的性情酷似自己的父亲李璟，两人不仅是血浓于水的父子，更是志趣相投的知己。他们喜爱奢华浪漫的宫殿楼阁，追求才子佳人的爱情，痴迷音律诗歌的美好，父子俩像花园里的匠人一般，沉醉在艺术的海洋里，想要将周遭的世界打造成一个完美的世外桃源。他们的日常生活中，本应只有舞低杨柳楼心月，歌尽桃花扇底风。如果不是命运捉弄，如果没有生在帝王之家，他应是金陵城中的风流才子，不慕名利，不求显达，在烟花巷陌、诗词曲赋中追逐着自己的欢欣……

但是，出生时的吉利之兆伴随的传言密语，不仅为他赢得了家族的关注与疼宠，也在不经意之间埋下了祸端。在群雄逐鹿的乱离之世，父子反目、手足相残已是常事，原本他只是无关紧要的七皇子，偏偏天赐如星如火的重瞳，这是传说中的帝王之相，这也是招惹嫉妒与迫害的源头。对于小李煜来说，重瞳就是一颗埋在他脚下的炸弹，不知何时便会爆炸，引火烧身。在兄弟们妒忌的眼神中，他过早地体会到了宫墙之中亲情的淡薄、权势的恶俗。

许是天生就偏爱诗词不爱兵书，许是为了躲避多疑的长兄而故作姿态，无论如何，小小少年李煜总是身着素衣，手握书卷，一支渔竿一壶清酒，不问世事，更不理朝政，以超脱凡俗的悠闲王爷之态出现在人们的视野之中……

或是寻个暖阳高照的日子，在后湖里悠然自得地泛舟垂钓。抛开那些繁文缛节，只着一身轻便雅致的白衫，用木桨荡漾开阵阵波澜，惊得水面上桃花的瓣蕊也随着小船四散摇摆。头顶上有飘荡的柳枝挡住了烈日的眩光，在湖面交叉映成斑驳的画影；耳边有柔风辗转流连，从树梢盘绕而过，奏出一首委婉的春曲；鼻尖嗅得的是新草出土的清香，远胜了胭脂粉气一筹；目光所到之处皆是诗情画意的江南风骨。也顾不得被湖水沾湿了片片衣角，就着盎然的美景摇头晃脑地长歌一曲……

抑或是在月朗星明的夜里，寻一处人迹罕至的寂寞亭台，给自己斟上一杯前月藏下的清酒。手持精致小巧的酒杯，斜着身子倚靠在栏杆上，看那天上的月啊，像一尊华贵的白玉盘，莹莹透着温润如玉的光彩，而这杯中的月倒是调皮许多，晃来晃去地变换着形态，真是教人捉摸不透。远处秦淮岸边灯火通明，莫不是那天上的星光点点误入了凡尘。伴着琴弦落得的袅袅曲调，隐约间还传来了歌姬清亮的嗓音，可这亦真亦幻的咿咿呀呀，哪唱得尽俗世的爱恨情仇、悲欢离合……

第二辑

爱恋·啼笑因缘成佳话

第一节　秋心求月苦无门

李璟即位之初，便遵从李昪的遗诏，百年之后，将帝位传给自己的亲兄弟。正是因为这样的念头，他才迫不及待任命其弟李景遂为兵马大元帅，李景达为副元帅，由他们牢牢控制兵权，而将自己的长子李弘冀暂时外放留守东都扬州，以防生变。

但对于大多数皇室子孙而言，父位子承乃是天经地义，他们不知晓李璟和几位皇叔打下的算盘，既然同是皇室血脉，正殿内那熠熠生辉的皇位便是一生的追逐，进一步可登天，退一步便是万丈深渊。在权倾朝野的诱惑下，谁又会心甘情愿地放弃呢？

在李璟膝下，嫡长子李弘冀无疑是皇位最痴心的角逐者，他继承了祖父李昪的霸气和才能，在军事方面大有一番作为，天生就是雄才伟略的政治家、驰骋于疆场的龙虎将帅。

于乱世之中立国的南唐，自然知道家国平安全依仗南唐将士的拼杀，所以他们对军功的重视远远超过文治。李弘冀深谙民心所向，他屡屡主动请缨，在一次又一次对外征伐中所向披靡，可谓是军功卓著，在将士中的威望日盛，逐渐超过了他的叔父李景遂，他部下的将帅更是多次在皇上面前夸耀他的能力。而李璟，对这个儿子的军功既感到欣慰，也含着几分忌惮。

在后周显德四年（公元957年），皇太弟李景遂屡次遭人弹劾，无奈之下只得全身而退，力请返回封地，远离朝政；而在南唐与吴越之战中，元帅李景达被敌军击败仓皇南逃。在几个皇位的候选人之中，只有李弘冀为国家社稷立下了大功，也是朝臣拥戴的皇子，这才使得李璟不得不顺应民心，将李弘冀立为太子，给予参政议事之权。

然而即便是贵为太子，李弘冀心中还是感到隐隐不安，父亲曾许下的兄弟相传的诺言就像是一把悬在他头顶的利刃，不知何时会斩断他掌权的步伐，这让他日夜不得安宁。次年，也就是后周显德五年（公元958年），李景遂再次得到加封。叔父卓略的官爵让身为太子的李弘冀胆战心惊，满心疑虑的他终于忍无可忍，于是，在李景遂受封回城的途中，李弘冀令人在他的饮食中做了手脚，将之毒害致死。

为了争权夺势，李弘冀放弃了骨肉亲情，抛下了伦理纲常，不惜以皇叔之命为代价，清除迈向皇位的一切障碍。可惜一失足成千古恨，之前李弘冀的种种作为就引起了皇帝的疑忌，如今更是犯下了不可饶恕的滔天大罪，一方面皇帝李璟不断对其施压，一方面又受到自己良心的谴责，纵使是意志如钢铁般坚强的李弘冀，也在日复一日的内疚、悔恨和恐惧之中陷入了泥沼一般的心病之中。

据说，他屡屡看到自己叔父李景遂的鬼魂，或是衣袂飘飘将年幼的自己抱在膝上讲解兵书，或是阖家宫宴为不胜酒力的自己拦下兄弟们的敬酒，或是在父皇训诫自己时满面慈爱地在一旁开解……但最终都以口吐鲜血倒地而亡为噩梦的终结。他无数次从梦中惊醒，额头上覆满细细密密的汗珠，从此神魂颠倒，浑浑噩噩，似梦似醒，整个人的精神越来越颓唐，最终陷在沉绵的病势之中，再也没有醒来。

南唐史上最严重的一次内斗最终以李景遂、李弘冀叔侄的前后死亡而宣告终结。

李璟死了兄弟，又痛失爱子，精神也一蹶不振，而此时朝臣接连上奏，要求重立储君，防患于未然。可是目及之处，几个皇子大多才智平庸，难当重任，这时，天生重瞳的小皇子从嘉又引起他的注意，他对于天降异象深信不疑，因为李璟自身的即位本就是个神奇的故事。

此前，老皇帝李昇就传位一事更是犹豫不决。应理而言，李璟身为嫡长子，自当顺而继位，但李昇又忧其才智平平，不足以治国平天下，如此几多考量，这才在诸皇子间迟迟举棋不定。

这日，李昇正在升元殿酣然午睡，梦中看到有一条金色的巨龙腾云驾雾而来，盘旋着绕过升元殿西边的立柱，用龙头顶破大殿的窗户，正伸着脑袋朝殿内张望。

李昇惊得满头大汗，霎时清醒过来。

金龙降世绝不是小事，他心中恐有异变，连忙派了侍卫去察看殿外的情况。令人讶异的是，侍卫回来通报，升元殿外并无异象，只是大皇子李璟正在殿外靠着西边的立柱，对着精美绝伦的雕梁画栋出神。李昇大惊，认为天意不可违也，遂顺从天意，立李璟为皇太子，李璟这才顺利踏上了属于他的帝王之路。

可与李璟早年的励精图治不同，从嘉生性淡泊，醉心于琴棋书画诗酒花，这是满朝文武有目共睹的事，风声一起，自是引得一片哗然。

时任礼部侍郎的翰林学士钟谟曾经和元宗的第七个皇子从善一起使周，二人交好而亲厚，因此他毅然挺身而出，坦然谏言，保荐七皇子从善为太子。

“从嘉德轻志懦，又酷信释氏，非人主才。从善果敢凝重，宜为嗣。”

钟谟认为，从嘉的性格怯懦，又痴迷佛法，没有为人君王该有的气度，反倒是纪国公李从善称得上果敢稳重，是合适的储君人选。

奈何元宗建储之意已决，早就想好了要封从嘉为吴王，以尚书令参与政事，为他日入主东宫做好了打算，钟谟却公然忤逆圣旨，贬斥从嘉，引得龙颜大怒。李璟假借钟谟交结张峦等罪名，将其贬为国子司业，又贬著作佐郎，直接发派遥远的饶州，并立即遣派中使令侍卫军十人，当天就督促他离开了都城。

由此可见元宗心意之坚决，朝堂上下再不敢有所非议。

北宋建隆二年（公元961年）六月，李璟去世，终年四十六岁，谥为李景明道崇德文宣孝皇帝，庙号元宗，陵于顺陵。

同年七月，太子李从嘉继位，金陵城一反夏日酷烈之象，清风徐来，流水荡漾，满城热闹非凡，万人空巷。将士们全副武装，严阵以待，老百姓们也纷纷换上了最得体的衣裳，摩肩接踵地在宫门外朝拜新君。

黄袍加身，万人敬仰，天之骄子，君临天下。这是多少人梦寐以求的场面，秦二世胡亥杀兄夺嫡，指鹿为马；隋文帝杨坚废周夺权，一统天下；唐太宗李世民玄武门兵变，成就贞观之治。无论宗室之内，或外戚之间，乃至一代勋臣，都抵不住那权倾天下的诱惑，但对于温润如玉的从嘉来说，这场声势浩大的登基仪式就像一场无可奈何的表演，群臣叩拜、山呼万岁的声音早被他抛到九霄云外，所谓帝王之名，反倒像是一副沉重的枷锁，将他牢牢困在朝堂琐事之间、琴棋书画之外。

在《即位上宋太祖表》中，从嘉坦言，他作为众皇子之一，并无雄才大略去治国平天下，虽自幼被授以帝王之道，但他始终不能得其要领，也无兴趣在此，他渴望远离功名利禄、世事纷扰，只求在德行上不断完善自己。他本在父亲和兄长的庇护和抚育下，一直过着安闲的生活，只是因为兄长相继死去，按顺序推迟后延，无奈之下，才轮到他来掌管国事。

而为后世所津津乐道的“李煜”二字，是伴随这副枷锁一同扣在从嘉肩头的新名字。

日以煜乎昼，月以煜乎夜。

煜，即照耀，是日月的象征，人们将希望寄托在这位年轻的帝王身上，愿他一如日月，以一己之光辉，润泽天下。

“惧弗克堪，常深自励”，既长为风月之人，又哪堪这朝堂之苦。

第二节　惊鸿一瞥定终身

旧时，唐玄宗与杨玉环的爱情故事广为流传，一首《霓裳羽衣曲》更是世人皆知，但是关于《霓裳羽衣曲》的来历，世间却是众说纷纭。有人认为是唐玄宗登三乡驿，望见了传说中的仙山女儿山，为之秀丽美景叹为观止，触发灵感而作；有人认为是天宝十三年间所作，当时唐玄宗以太常刻石的方式，修改了一些由西域传入的乐曲，此曲就是根据著名的《婆罗门曲》改编而来。

其中最具传奇色彩的说法是，这首舞曲是由唐玄宗与道士叶法善相伴进入月宫游玩而得。

时值中秋，桂花浮玉，夜凉如洗。玄宗伴着笙歌华舞，凭着白玉栏杆，入口的美酒却颇显得索然无味，看向四周精美别致却又稀松平常的景致，他不禁望月兴叹："这明月普照万方，如此光灿，想必其中定有非同寻常的美景。人们常说嫦娥窃药，奔在月宫，既月上也有宫殿，必定可供游观一番。只是，我该如何上去呢？"

他当即传来道教天师叶法善，咨询登月之法。这叶法善四代为道，也非等闲之辈，只将那手中的板笏一掷，天地间便现出一条雪链也似的银桥来，这头出自宫苑，那头直接向月内。玄宗心头大喜，随着法善一同踱上桥去，直入了"广寒清虚之府"。

只见桂树之下，有无数白衣仙女，乘着白鸾翩翩起舞，这边庭阶上，又有一众仙女奏乐，与之相应相合。法善解释道："这些仙女，名为'素娥'，身上所穿白衣，叫作'霓裳羽衣'，所奏之曲，名曰《紫云曲》。"玄宗素来通晓音律，闻此仙乐，赶紧将两手按节，把乐声默记下来，待到回宫之后，将所见所闻传与杨玉环，并为记下的曲子命名为《霓裳羽衣曲》。

"玲珑箜篌谢好筝，陈宠觱篥沈平笙。清弦脆管纤纤手，教得《霓裳》一曲成"（白居易《霓裳羽衣歌和微之》）。

此曲须得乐器十余件共奏而成，一出于世，便广流于乐府，在开元、天宝年间曾盛行一时，成为皇家歌会舞宴之时的定场之曲，其音韵之流丽婉转，百转千回，在唐人书中多有记载，直至安史之乱，局势动荡，《霓裳羽衣曲》惨遭失传，实叫人扼腕不已。

然而，时隔两百多年后，南唐后主李煜与他的皇后大周后凭着自己的音乐天赋，琴瑟相合，仅用几幅残谱就复原了失传已久的《霓裳羽衣曲》，铸就了音乐史上的一大奇迹。

周后名为娥皇，她的父亲周宗是南唐的社稷元老，曾在南唐烈祖李昪篡权夺位的过程中发挥了重要的作用。

在称帝之前，李昪曾梦见自己在顺天门摔了一跤，恐有不祥之兆，欲找人圆梦，正遇上了一向与他交好的周宗，便向其一一道来。不料，周宗闻之却是大喜，说梦中摔跤，反而正是现实中被扶而起之兆，话音刚落，便掀起官袍，将行君臣之礼。

李昪本就是一个彻头彻尾的神秘主义者，恰逢此时他已经掌握了南吴的政治大权，心中早有了罢废南吴，改元建国的心思，如此一来，更是深感此乃天意如此，不由得暗自打定了主意。此后，周宗又联合诸多大臣，兵谏吴国皇帝退位，迎接李昪登基，可谓是为南唐的建立立下了汗马功劳。因此，李昪登基后，便将周宗擢为内枢使、同平章事，后又迁侍中，颇得亲信，后因人诬陷，罢为镇南军节度使。李璟继位后，周宗复出，在东都为官，周家乃名门望族，枝繁叶茂，是南朝最显赫的家族之一。

周宗膝下育有两个女儿，其中，大女儿名叫周娥皇，她天生肌肤白皙润滑，而且眉毛高挑，眼睛炯炯有神，透露出一股高雅的气质，如此秀丽的容貌，称得上是一副天人之姿。

除此之外，周家书香门第的教养也在她身上得到了充分的体现。她平素喜好阅读，通晓古今史事，而且精谙音律，可以做到听曲辨音，至于吟诗填词、玩弄辞赋，更是没有一样能够难得住她。

作为一个长年隐于深闺的大家闺秀，能够真正让她为天下人所津津乐道的，却是她那一把名震天下的烧槽琵琶。

早年，元宗喜寿，大宴群臣。娥皇受父亲之命，要在这汇集了满朝文武的宴会上，为皇帝弹奏一首琵琶曲祝寿。令皇帝感到意外的是，这个看似弱不禁风的小姑娘，面对九五之尊的眼光，竟然没有透露出一丝怯懦。她优雅地行过礼，落落大方地抚裙坐下，坐定之后，低眉含笑，抱起古色古香的琵琶弹奏起来。她小小的身躯坐得笔直，娇嫩如玉的手指在琴弦之间来回游走，竟奏出了一曲气势磅礴的弘歌。一时间，满座众臣无不目瞪口呆，上座的元宗更是发出连连赞叹，眉目间尽显对她的赞赏和喜爱，当即下旨赐了她一把传世的烧槽琵琶作为嘉奖。

娥皇出身豪门，自幼见惯了莺歌燕舞的盛大场面，在圣上面前更是谨遵父亲的教诲，一直保持着优雅端庄的贵族仪态。但是当她摸到那把传说中的烧槽琵琶，脸上还是难掩喜悦之情，一时竟忘记了闺中礼节，跪下来连声向圣上谢恩，直到自觉失了态，这才露出些许女孩子家的俏皮与羞怯来，惹得元宗笑意盈盈，大手一挥，又追加许多赏赐。

那一日，一向素净的李从嘉也换上了锦绣的碧色华服，手里持着精美的酒樽，心里还惦记着府上后院里新开的那株红梅。然而，琵琶声一起，他的魂就被那跌宕起伏的壮阔曲调给拉了回来，实在想不出哪家的歌姬能有如此气魄。他转过头来定睛一看，重瞳的眸子里就映出一个娇小的人影，原来是周府上的千金，她眉角的云鬓、衣衫上的牡丹、绣鞋上的金线，就这么一笔一画地，刻进了那颗风轻云淡的心里。

娥皇受过赏赐，款款退下，四下笙歌又起，众人继续沉浸在欢庆的喜悦之中，谁都没有注意到，那人脚下洒落一地的美酒，更没有注意到，少女沉稳的步履也为之慌乱了许多。

玉楼春

晚妆初了明肌雪，春殿嫔娥鱼贯列。

笙箫吹断水云间，重按霓裳歌遍彻。

临风谁更飘香屑，醉拍阑干情味切。

归时休放烛花红，待踏马蹄清夜月。

这首《玉楼春》便是李煜后来与周后宴饮时所作，前六句描写了歌舞场面的花团锦簇、婆娑妖娆，“笙箫吹断水云间”，在乐工舞女的轻歌曼舞中，皇宫宛若天上人间，处处充盈环绕着美妙的音乐和曼妙的舞姿。而《霓裳曲》经过夫妻二人的整理复原之后，更成为宴会表演时的佳作，欢饮之时，尽兴之处，竟手拍栏杆，几度飘飘欲仙，宫廷内一派恣意欢乐的浓郁情兴。在这情满欢极之后，后主却笔锋一转，徜徉在偃烛熄火。骑马踏月的清凉世界之中，这种清新淡雅的境界在纵情之后更令人回味无穷……

第三节　只羡鸳鸯不羡仙

娥皇凭借一曲琵琶惊艳四座，加之出身名门望族，元宗自是不愿意让她嫁到他方，在娥皇刚刚年满十九岁时，就有了赐婚之意。元宗看她也是风雅之人，想来正好和六子从嘉配成一双璧人，便派人去两头探了探各自的心意。

其实，自那日惊鸿一瞥，从嘉与娥皇心中就已经起了涟漪。这两厢旁敲侧击一番，自然也都是情投意合的模样，元宗一听，更是喜上心头，在皇城为他们举办了一场盛大的婚宴。

虽是父母之命、媒妁之言，这二人的结合却是成就了一段佳话。新婚燕尔，从嘉更是作了不少描写闺房情趣的词，记录了他们天作之合的夫妻生活。

一斛珠·晓妆初过

晓妆初过，沈檀轻注些儿个。

向人微露丁香颗，一曲清歌，暂引樱桃破。

罗袖裛残殷色可，杯深旋被香醪涴。

绣床斜凭娇无那，烂嚼红茸，笑向檀郎唾。

清晨初醒，从嘉就眼带笑意地倚在床头，看着小娘子起来梳妆打扮，只见她梳起黝黑的秀发，抹上娇艳的胭脂，最后再轻巧地往唇上抹动人的绛红色口红。

这边娥皇梳妆完毕，一回头，就看到夫君眼角的温柔将她包裹，她不由得喜上心头，那可爱的粉色舌尖从樱桃小口中微微吐露，竟俏皮地对着他唱起歌来，一番吟唱后，她的脸色更加红润，也更加显得娇媚动人。

从嘉的兴致也被勾了起来，他命人取来美酒和酒杯，就着爱人的可爱神态一番畅饮，小娘子也不甘寂寞，调皮地跑过来，红着耳根，从他的怀里抢去不少酒喝。俄而醉意袭来，二人慵懒地斜靠在华美的绣床上，那洒落的殷红色的酒痕还残留在娥皇的衣袖之上，又惹得从嘉一阵调笑。夫妇间嬉笑打闹间，调皮的娥皇抓起些许红嫩的花草，笑着放在嘴里烂嚼，娇俏地向自己的情郎唾个不停。

寥寥数语，就勾勒出了一个热恋中的俏皮可爱的女子形象，字里行间，无不透露出从嘉对妻子深深的怜爱之意。

那一夜，金陵突降飞雪。

这是温润的江南多么难得的一场雪景，鹅毛大的雪花纷纷落下，一如春日里的柳絮漫天飞舞，洋洋洒洒地落在长廊、飞檐、枝头上。偌大的皇城一改平日里华美艳丽的色彩，被一片晶莹剔透的纯白包裹，倒显得异乎寻常的静谧和雅致。如此悄然，如此明净，在那银装素裹的吴王府里，倒是时不时传来几声欢歌笑语。

穿越重重庭院，踱过幽僻曲径，踏着簌簌的雪花向府中探去，只见那后院精致的四角小亭子里，从嘉和娥皇正对饮成欢。二人都裹着厚厚的银狐裘，桌上摆着暖暖的小火炉，几杯温酒下怀，想来情意正浓，确也不怕那大雪带来的森森寒气。

娥皇面有醉意，双颊绯红，举起酒杯相邀："相公，今日雪景正盛，你为娥皇舞上一曲如何？"

从嘉伸手一点她的额头，调笑道："若要我起舞，除非你能为我新谱一首曲子。"

娥皇拨开他的手，倒也不恼，只是得意地一笑："这有什么难的，我为你谱一曲就是了。"

话音刚落，她就一手抵住下颌，摇头晃脑地吟起曲子来，吟到精彩之处，自己竟跑到雪地里蹦蹦跳跳地旋转，飞扬的裙摆带起一阵绵柔的白雪，倒像个刚刚出闺的小丫头。

从嘉无奈地摇摇头，又命人寻来笔墨纸砚，把曲子详细地记载下来，而这首即兴之作便是广泛流传于南唐的《邀醉舞破》。

除此之外，娥皇还曾经创作过乐谱《恨来迟破》，也是盛行一时；而由她构想的“高髻纤裳”和“首翘鬓朵”等妆容，纤丽袅娜，娇艳夺人，更是引得女子争相效仿。

如此才貌兼备之人，若生在今日，实可谓是偶像兼实力派的创作型才女。

也正是因为二人才情相投，李煜在登基继位后，便毫不犹豫地将爱妻册封为一国之后，纵是三宫六院诸多佳丽流连在侧，也改变不了他对娥皇的一心专宠。

第四节　有花堪折直须折

好景不长，帝后“宠嬖专房”的恩爱生活只持续了不过十年，后世之所以称娥皇为“大周后”，自是有“小周后”在后的缘故。

乾德二年（公元964年），娥皇不幸身染疾病，后主虽命太医全力救治，却久久不愈，娥皇卧病在床，她的妹妹就以探病之名常出入宫中。

周家次女在史书上并未记录姓名，她比娥皇小十四岁，也就是说，娥皇成婚时她才只有五岁。因为是皇后的亲妹妹，她时常出入内宫，而且自幼就是聪明机灵，一直深受李煜母亲钟太后的喜爱。

如今，那个天真懵懂的小女孩早已出落成了一个国色天香、神采娴静的少女，她弹奏琵琶的样子和她姐姐极为相似，如同一个模子里刻画出来一般。

一个是才华横溢的风流帝王，一个是情窦初开的花样年华。在娥皇卧病的日子里，李煜对着这副熟悉的面容，竟然控制不住自己的心意，私下里和她的妹妹暗生出几分情愫来。

菩萨蛮·铜簧韵脆锵寒竹

铜簧韵脆锵寒竹，新声慢奏移纤玉。

眼色暗相钩，秋波横欲流。

雨云深绣户，未便谐衷素。

宴罢又成空，魂迷春梦中。

这首词作描写的是男子在宴会上对一位女子的迷恋。而这对男女究竟是何人？后人自然以为就是李煜和小周后。娥皇卧床，妹妹便代替姐姐在宴会上弹奏琵琶曲，李煜在场聆听，此情此景，何其相似，他目不转睛地盯着她的纤纤玉手，几枚手指在乐器上轻巧地来回拨弄，美妙的乐曲便撩拨着他的心弦。

乐美，但奏乐的人更美。

她如秋水般荡漾的目光向李煜投来，大胆地表露出心中深藏已久的爱慕之情，勾得李煜心中的一潭清水也起了阵阵波澜。

菩萨蛮·蓬莱院闭天台女

蓬莱院闭天台女，画堂昼寝人无语。

抛枕翠云光，绣衣闻异香。

潜来珠锁动，惊觉银屏梦。

脸慢笑盈盈，相看无限情。

他又幻想着来到蓬莱仙岛，悄悄观望着华美如仙境的少女的居所，看见她正在画堂里酣睡。她睡得正熟，枕头被抛在了一边，睫毛扑闪，粉黛犹存，乌黑发亮的头发在卧榻上顺势铺开，像一条漂亮的瀑布，睡态可爱迷人，还可以闻到她精美绣衣上传来的淡淡的幽香。

但他因为相思心切，不小心碰响了悬吊着的珠帘，玉珠凌乱摇摆间发出了清脆的响声，不小心惊醒了少女的美梦。这本是令人着恼的事，但是少女一睁眼，看到来的人是他，就把娇嗔的起床气一扫而空，反而笑面盈盈相接。两人相看无语却又柔情无限。

二人眉目传情，心意相通，但深宫之中又不便耳鬓厮磨、海誓山盟，只得在暗中相约到了少女居住的画堂的南边幽会。

菩萨蛮·花明月暗笼轻雾

花明月暗笼轻雾，今宵好向郎边去。

刬袜步香阶，手提金缕鞋。

画堂南畔见，一向偎人颤。

奴为出来难，教君恣意怜。

夜色静谧，月色朦胧，这一次，是少女主动偷会她的情郎，只见她沿着花香浮动、轻雾笼罩的小径，匆匆忙忙地赶去约定的地点。一路上，她生怕脚步声惊扰了别人，就将那双金线绣成的鞋小心翼翼地提在手上，只穿着袜子一步步地迈上落满花瓣的台阶。一得相见，她便颤抖着依偎在情郎的怀里，娇声嗔道："你可知道我出来见你一次是多么不容易，今天晚上我要让你尽情地把我爱怜。"

如此这般爱恋，李煜情丝难收，只得瞒着娥皇，暗中将小周后纳为姬妾。

这日，沉浸在热恋中的妹妹突然想起已经好几日没有见到姐姐了，于是前往皇后帐前探望。娥皇久病之中难得清醒，见到亲人一时里又惊又喜，便随口问道："妹妹你是何时进宫来的？"

妹妹尚且年幼，没有细想，就如实以告说："我已经来了好几天了。"

娥皇这般冰雪聪明、七窍玲珑的人物，闻及此言，顿时起了疑心，再往深了细细忖度，就已经把事情的来龙去脉猜得了七八分。真是万万想不到，这厢自己饱受病痛的折磨，家中最为亲近的姊妹却与夫君在一旁寻欢作乐。

娥皇紧紧地握住被褥的一角，眼中满是恨意。联想到他们卿卿我我、眉目传情的模样，就不由得心生厌恶，气急之下，更惹得病症复发，胸闷不已。但她转念一想，无论怎样，她始终还是自己的亲妹妹，他也还是她最爱的情郎，即便要成全他们两个，她也无话可说。

虽然愤懑悲痛，却也只能转过身去面壁而卧，再不愿多看妹妹一眼。

第三辑

亡国·一江春水向东流

第一节　多情自古伤离别

此时的娥皇已为李煜诞下三子，其中，以次子李仲宣最为机敏可爱。

仲宣年仅三岁，却聪颖过人，可通背才子们在科考所用的《孝经》；在宫廷宴会上，只要听到有乐师奏乐，就能准确无误地分辨曲调，说出曲名来；平时跟着大人遇到朝廷官员的时候，接人待物也是有条不紊、彬彬有礼，不仅继承了母亲在音律上的才华，更是颇有李煜清雅又谦和的风姿。

娥皇和李煜一直都对他宠爱有加，娥皇甚至不放心宫里的婢女奶娘，亲手带着他长到四岁，后因自己身染疾病，身子不便，也怕传染孩儿，这才把他置于别院抚养。

十月的某日，仲宣在宫中佛堂里的佛像前玩耍。没想到，有一只大猫蹿上了高悬在梁上的一盏大琉璃灯，几经摇晃，大琉璃灯骤然坠落，发出巨大的声响，并且应声碎裂一地。年仅四岁的幼子没有任何心理准备，瞬时受到了不小的惊吓，先是哭闹不止，而后，心病竟然演变成疾病，使他一直高烧不断，梦魇缠身。

夫妻二人最疼爱的孩子，就此夭折。

仲宣的离去敲醒了一直沉浸在热恋中的李煜，他这才明白平日里只顾自己寻欢作乐，对幼子的照料实在粗疏。如今周后卧病在床，又失去幼子，这样的打击实在太过沉重。果然，丧子之痛带走了身心俱疲的大周后最后一丝希望，当即使她的病情演变进展到一发不可收拾。

李煜悲从中来，却又无计可施，只能遥想他与大周后之间的点滴情缘，将这种哀戚的情绪转化成笔下温柔呢喃的小词。

后庭花破子

玉树后庭前，瑶华妆镜边。

去年花不老，今年月又圆，莫教偏。

和花和月，天教长少年。

我心爱的妻子就像那琼立的玉树和仙灵的瑶草一般，纯洁又美丽。既然上苍可以使去年凋谢的鲜花，今年又这般盛开；前日残缺的明月，今夜又归得圆满，那么盼他不要偏心，只教花、月美满和睦，还要保佑我的爱人青春常驻、长命百岁才是。

奈何周后在人间已无留恋之处，早已形如槁木，心如死灰，纵是皇帝在病床边衣不解带、朝夕相伴，也已经于事无补。

同年十一月，娥皇病危，她料知自己已经时日无多，就取出了此前元宗所赐的烧槽琵琶和平日佩戴的约臂玉环，和李煜做最后的道别。

娥皇温柔地一笑，说道："娥皇真是福泽殷厚啊，不但能够有幸将终身托付给你这样的人，还能够一直得到你的宠爱和呵护，到现在，我们成婚也已经有十年之久了吧。这是身为一名女子，能够得到的莫大幸福了吧。只可惜，我们的孩子幼年夭折了，如今，我也要命赴黄泉而离开你了，再也没办法回报你的恩德了。"

李煜在床一侧，竟不顾君容，痛哭不止。

三天之后，娥皇支撑着沐浴更衣，自己将含玉放进口中，于瑶光殿与世长辞，时年二十九岁。她留下了一封要求从简办理丧事的遗书。乾德三年（公元965年）正月，葬于懿陵，谥号昭惠。

李煜遵从了她的遗愿，将她最爱的烧槽琵琶作为陪葬，又作了《昭惠周后诔》《挽词》等文章加以悼念。

《昭惠周后诔》是李煜传世作品中最长的一篇，此文缠绵悱恻，闻之无不令人垂泪。“昔我新婚，燕尔情好。媒无劳辞，筮无违报。归妹邀终，咸爻协兆。俯仰同心，绸缪是道。执子之手，与子偕老。今也如何，不终往告？”

李煜虽坐拥三宫六院，但向往的还是得一人同白首的忠贞之爱，妻子虽已归西，但她兰心蕙质、婉转清扬的容姿仍在自己的心房久驻，睹物思人，情意绵绵。“我思姝子，永念犹初。爱而不见，我心毁如。寒暑斯疚，吾宁御诸？”

失去了爱子和爱妻的李煜，满心的悲怆无从消解，以至于形销骨立，扶杖方能站立，他甚至悲愤地质问上苍：“神之不仁兮，敛怨为德；既取我子兮，又毁我室。镜重轮兮何年，兰袭香兮何日？呜呼哀哉！”杳杳香魂，茫茫天步，相见无期，他虽贵为天子，却无法阻止心爱的人离他而去，如此孤单凄苦，又岂是“呜呼哀哉”可以表达？

世人都为他的痴情赞叹不已，但他自己明白，他这一生，都还不尽娥皇的情。

后来，李煜还是会时常想起，宴会上铮铮的琵琶曲，金线绣成的华美牡丹，还有那天在雪地上翩翩起舞的人儿。她曾经是那样调皮可爱，才华横溢，纵然算不得是绝世美人，也是沉鱼落雁之容。这么美好的她，静静地陪了他这样久，追悼良时，心存目忆，却只能天人两隔，空寻所踪。

江南的金陵，再没有下过那么大的雪。

第二节　偶缘犹未忘多情

李煜的继位与他天生的帝王之相脱不了干系，而历史上重瞳第一人，就是上古时代的明君——舜，巧的是，舜的正妻也叫娥皇。

关于中国古代华夏族神话传说中，帝尧有两个女儿，长女名娥皇，次女名女英，姊妹合称为“皇英”。尧见舜德才兼备，为人正直，刻苦耐劳，深得人心，想要将其首领的位置禅让给舜，并且把两个女儿一同嫁给舜为妻。

二女嫁舜，亲上加亲，可是以谁为妻，以谁为妾，一度争论不休。

最后还是尧想出了一个办法。当时舜正要迁往蒲坂，尧让两个女儿同时从平阳向蒲扳出发，哪个先到，哪个就是正宫；哪个后到，哪个就做偏妃。

娥皇、女英听了父王的话，各自准备向蒲坂进发。长女娥皇是个朴实的姑娘，跨上一匹高头大马就飞奔远去；而女英讲究排场，选择了乘车前往，并用骡子驾车，甚是气派。

起先二人齐头并进，不分上下。然而，在行进过程中，为女英驾车的母骡突然要临盆生驹，女英的队伍不得不因此停了下来。这时，娥皇已乘马奔驰遥遥领先，而女英受了骡子生驹的影响，只落了个望尘莫及。

最终，正宫娘娘的位置为娥皇所夺，女英气愤不已。有趣的是，传说中，骡子不能受孕，不会生驹，就是因为女英大怒而下的禁令。

虽然婚前为妻妾之争吵吵闹闹，但成婚后，姊妹二人齐心协力，成了舜的贤内助。舜的生母早逝，父亲顽固糊涂，后母嚣张歹毒，弟弟贪婪恶劣，这几人为了谋夺舜的家产，几次想要置舜于死地，最终，都是娥皇和女英暗中协助，帮助舜死里逃生。

后世在《列女传》里将两位列入“母仪传”第一，称“二妃德纯而行笃”，甚至搬出《诗经》里“不显惟德，百辟其刑之”这样的话，予以她们极大的赞赏。

正因这“重瞳”“娥皇”“姊妹”等一系列的巧合，后世之人，尤其是诸多小说家在故史演绎中也多次将小周后称为“女英”。

李煜饱受丧妻之痛，终日沉迷委顿，神伤不已，而此时“女英”的温柔劝解像一泓泓清泉流入他干涸的心间，“女英”的相貌和娥皇如此相似，两人的性情也相差无几，只有和女英相处之时，他才感到往日褪色的记忆又在不断修复，久而久之，李煜对“女英”的垂怜爱慕愈加深厚，加之太后钟氏圣的大力支持，“女英”很快被接入宫中，先纳为妾，待时机成熟，便册封为皇后。

然而，老天似乎还想给李煜一些惩罚，让这段爱情又平添一番波折。

乾德三年（公元965年），也就是娥皇去世的第二年，钟氏圣尊后病逝，这一天，大雨倾盆，整个金陵城都笼罩在一片悲痛之中。

当时南唐标榜以孝治天下，凡父母西归，其子要谢绝所有应酬宴乐，辞去官职，回家守孝三年，而且期间必须遵守儒家的礼制，这个规矩叫作“守制”，也称作“读礼”。守孝期间，有诸多事宜不得不耽误下来：一不得参加科举考试；二不得缔结婚姻，已婚夫妻也要分居，不得同房；三不得举行庆典宴席，如遇新年，不能给亲友、同僚贺年，并要在门口贴上“恕不回拜”的字条。

如此这般，二人的婚事自然是又被耽搁下来。

到了开宝元年（公元968年），李煜服母丧期满。

因皇后之位空缺已有四年之久，李煜便觉得时机成熟，可立“女英”为国后。

虚掷了三年光阴，只盼着重拾春花秋月的风情，自小皇子夭折之后几年，皇宫内都弥漫着颓靡哀伤的气氛，李煜打算风风光光地大办一场举国同欢的盛大婚礼，一扫过去沉迷委顿的心绪。

古时，等级分明，礼制考究，男婚女嫁作为一件终身大事，更是不得怠慢。自建国后，李昪和李璟两代先皇都是以已婚之身登上皇位，中宫娘娘入嫁的时候遵循的尚且都是皇子等级的礼制，后来后宫再有纳妃也只是照姬妾之礼举办。因此，在南唐还从没有发生过当朝皇帝大婚娶妻的先例，从礼仪制度上更是无从可考。李煜只得委派了几位亲信文臣，根据古今的礼制，仔细斟酌婚礼的种种细节。

负责差办皇家婚宴的主要官员是中书令徐铉和知制诰潘佑，二人年纪相差几十岁，观念自然有所不同，因而产生了许多分歧。

徐铉是个古板守礼的老学究，他引经据典，谨遵于周公和孔子的传承，认为皇帝大婚应当庄严肃穆，本就不宜用音乐、歌舞此类的风月产物，钟、鼓等声势磅礴的乐器就更不合适了。

潘佑倒是灵活变通，他拿出孟子的“尽信书不如无书”

来反驳，说不能一味刻板按照古书执行，我们的礼制也要与时俱进，更何况《诗经》开篇就有“窈窕淑女，钟鼓乐之”之说，因此使用琴瑟钟鼓不仅不违背礼仪，还可体现皇帝与民同乐的仁厚胸怀。

二人你来我往，不分上下，论到夫妻对拜的礼节，更是争执不休。

徐铉说，夫妻对拜那是自古传下的礼节，世世代代都应当遵守，李煜也不例外；潘佑却说，陛下乃万人至尊，只有别人向他朝拜行礼的道理，即使面对自己的新婚妻子，他也不能弯下腰身。

李煜眼看着婚事将近，大臣们却争论不休，没个定论，自己碍于身份尊贵又不好出面干涉，于是另派了一位资历老、辈分高的老臣徐游去做定论，早日将此事办妥。

徐游接下了这份得罪人的差事，表面上甚是纠结，其实心中早就有了答案。这潘佑是皇帝身边的红人，自然最了解皇帝的心思，他提出来的想法多半也就是皇帝本人的暗示，而那徐铉虽然是朝堂上的总理大臣，官高权重，奈何他心思古板，根本不了解君王的心思。如此思忖一番，也就顾不得周公、孔子之节了，徐游便向皇上禀报，以潘佑定下的礼制为佳。

没想到，不久之后，徐游的背上就莫名长出一个大脓疮来，引得心中气愤的徐铉一顿嘲笑：“想必是周、孔二人在阴间对你有所不满，这才让你遭此报应吧。”

礼制之争，大臣们闹归闹，终究是准备妥当了，但按部就班实践起来却又遇到了麻烦。

从古至今，在婚礼之前，男方都要先向女方下聘，南唐时期称之为“纳彩”。但送往周家的聘礼，却让大臣们犯了难。

在民间传言中，有很多鸟类都是一夫一妻制的忠贞典范。天鹅十分重视夫妻感情，甚至会为死去的配偶守节三年；“得成比目何辞死，只羡鸳鸯不羡仙”，鸳鸯则更是至死不渝的爱情象征，一旦配对，终生相伴，双宿双飞；相思鸟则鸟如其名，雄鸟和雌鸟成对生活，恩爱非凡，是有名的“爱情鸟”；大雁更是出双入对，从不独活，但凡有一只死去，它的配偶也会选择自杀或者郁郁而亡。

自周朝起，男方送给女方家的聘礼中就必须有一只活的大雁，以此寄托夫妻恩爱，相互遵守誓言的愿望。想来当年还是皇子的李从嘉迎娶周娥皇的时候，也是这般带着大雁的美好祝福欣然前往的吧，只惜得娥皇红颜薄命，纵是公子一往情深，还是辜负了大雁忠贞不渝的美名。

守制过后已是深秋，大雁早已纷纷南迁而去，这让大臣们不知如何是好，而李煜盼着尽早完婚，又怕大臣们再生出什么事端来，当即快刀斩乱麻，提议用白鹅来取而代之。于是朝廷上下都加紧忙活起来，先是找来了一只光鲜肥硕的大白鹅送往周府，不久，就张灯结彩，热热闹闹地将“女英”迎到了李煜的后宫。

李煜与“女英”之间的感情像地下潜伏的暗流，纵然已经打湿了二人的心弦，却不得不在纲常的束缚下抑制自己，如今好不容易修成正果，经历丧偶之痛的李煜对这段感情更是加倍珍惜，他对小周后的宠爱甚至远超过了之前与娥皇的恩爱之情。

志怪小说《汉武故事》中有一个著名的“金屋藏娇”的故事，说这汉武帝打小就喜欢馆陶公主的女儿陈阿娇，一日，姑姑调笑着对四岁的刘彻说，如果我把阿娇嫁给你，你要怎么对她好呀？

稚童一言惊千古：“我要让她住在一座黄金做的屋子里。”

李煜的一腔深情绝不逊于此，甚至比故事中的刘彻要浪漫贴心得多。根据《清异录》里的描述，每到春花烂漫的时候，李煜就会亲自折下新鲜的花枝，为小周后装饰寝宫。

李煜命人在墙壁挂上花架，窗台上摆放花盆，房梁上也挂上鲜花，甚至行走的台阶上，也是撒满了娇艳欲滴的花瓣。他把小周后目光所及的每一个角落，都用色彩各异的鲜花装点起来，让这位如花般娇艳的爱人每天都能够生活在花香袭人的宫殿之中，悠游在自己亲手为她创造的仙境般的花丛里。

李煜将这个群花环绕的住所亲手提名为“锦洞天”，说他是“花屋藏娇”也实不为过。

在这座艳丽的“锦洞天”里，李煜还设计建造了几座别致的花间亭，亭中恰能容下两人，亭外则以层层叠叠的红纱包绕。二人兴致一起，就可远离尘世纷扰，杏花疏影里，相对到天明。

花香酒香美人香，无一不叫人心醉神迷。

第三节　苦海沉浮坠空门

温香软玉显然不足以冲洗李煜心中长年累月积下的苦闷。

于内，朝政上的纷纷扰扰使他倍感烦心，而幼子的夭折、爱妻的离去、母亲的亡故都给这位年轻的皇帝造成了沉重打击。

于外，北宋王朝虎视眈眈，兵犯南唐，为求安宁自保，李煜只能自降身份，纵使进贡不断、割地不止，依然无法满足赵匡胤权倾天下的野心。

内忧外患让李煜分外痛苦，而在为母亲守制期间，歌舞宴席又被禁止，谈情说爱也不合时宜，他只能孤独地在宫闱里百无聊赖，终日焚香默坐，与诗书为伴。

病中感怀

憔悴年来甚，萧条益自伤。

风威侵病骨，雨气咽愁肠。

夜鼎唯煎药，朝髭半染霜。

前缘竟何似，谁与问空王。

本诗写于北宋乾德二年（公元964年）秋冬之际的金陵。心爱的儿子小仲宣在佛堂玩耍时，因受惊吓而致心病身亡还不到一个月，与李煜恩爱十年、举案齐眉的周娥皇皇后的生命之花又永远定格在二十九岁，失子失妻之痛让李煜的身体日益憔悴。

天气渐凉，秋风萧瑟，百病入侵，万千的愁绪只能在滴滴答答的雨水中找到回响。半夜起来煎药，却在无意间发现自己两鬓斑白，早已不是昨日的翩翩俊彦，年轻的帝王不禁想问问佛祖，自己上辈子到底种下什么业障，如今落得个如此凄凉的下场？

满腔的郁闷无从宣泄，一次次地追问也寻不到答案，再不能像以往那样，在风花雪月和莺歌燕舞中寻求安慰，李煜便将全部的注意力转向了佛祖的箴言，试图在佛经中寻得安慰与救赎。

古时，皇帝对僧侣十分尊重，出家的僧人不必缴纳赋税，还可以免除兵役和劳役，平日吃斋念佛，主持法事，不必苦于生计，可谓自得其乐。穷苦人家多愿将子嗣送到寺庙出家，可保平安，但这样一来，朝廷的压力就不断增大，为此朝廷曾颁布多项律法，严格控制僧侣庙宇的数量。

历来君主对佛教事宜都采取温和的态度，但历史上也不乏朝廷强行干预宗教的“禁佛”运动，李煜自从沉迷释道之后，便有意扶持佛教，和小周后成婚后的第二年，也就是开宝二年（公元969年），便下令大规模地兴建庙宇。

他先是取消了南唐的大小寺庙在数量上的限制，接着要求各地方丈住持广纳僧人。只要有人决心出家，一概不问来历，不查旧事。此外，他发布告示，凡是有道士愿意转行入佛门者，都能获得二两黄金作为奖赏，这在当时不是一笔小数目。

在君主的引导下，人们纷纷投奔空门。一时间，南唐僧人数目急剧增加，光是一座金陵城内就有一万多人。李煜甚是满意，毫不吝啬地从本就不甚富足的国库里腾出钱来，举国上下大修寺庙，并且一举承包了所有僧尼的衣食住行。正如诗人杜牧在《江南春》中所写：“南朝四百八十寺，多少楼台烟雨中。”

其实，南唐佛教兴盛之极已经远远超过了诗人的想象。清朝的刘世琦在著作《南朝寺考·序》中记录，南唐时期共有寺庙两千八百四十六座，其中，都城金陵内有七百多座，连李煜的后宫里都建有数十座。

为了表示对佛祖的虔诚，李煜将小周后也带进了顶礼膜拜的佛门队伍。每日解决朝堂琐事之后，他们夫妻二人就会换上出家人的居士服，戴上僧人的帽子，在宫殿的佛堂里焚香坐禅。

因为不断地磕头拜佛，李煜的前额先是磕出了淤血，时间一长，甚至化作老茧，形成了一个不小的瘤子。

更令人啼笑皆非的是，这位儒雅风骨的风流皇帝，居然抽出时间来亲自为那些僧人制作厕简。厕简，又称厕筹，是一种竹木制成的薄片，古时候的人没有条件使用卫生纸，在如厕以后都用厕简来刮清污秽。他每次打磨厕简之后，甚至细心地用自己的脸颊去测试那小竹片的光滑度，只为了防止在日后使用中误伤了哪位大师的身体，实在是千古难得一闻的奇事。

李煜在佛祖面前屈尊降贵，对待旗下诸多僧尼也是宽宥有加。

自古以来，佛门中人都讲究清心寡欲，和尚和尼姑私通是断不可触及的禁忌，一旦被人发现，轻则被逐出寺庙，重则要受杖刑若干。可在李煜眼中，杖责本就毫无意义，还俗反倒满足了通奸之人的心愿，倒不如让他们继续留在佛祖面前诚心悔过。至于惩罚，让他们对着佛祖磕头三百就罢了吧。

深受佛门庇护的除了一众僧尼，还有犯下死罪之人。

当时，执行死囚伏法需要李煜亲下诏书，若是上报死刑犯的当天正好赶上佛教禁止杀生的斋日，李煜就会命人在宫里的佛像前点燃一盏油灯，称之为命灯。如果天亮之前那盏灯熄灭了，那就是佛祖授意要你受刑；反之，如果天亮而灯不灭，就是佛祖保佑你免得一死，还能得到宽大处理。本是皇帝的仁心之举，却在无形中为宫娥和太监开辟了一条生财之道——犯人的生死其实是掌握在为命灯添油的宫人手中。

李煜几乎疯魔地痴心向佛，殊不知，北方的赵匡胤早已摩拳擦掌，厉兵秣马，誓要吞并南唐，一统中原。

第四节　一失足成千古恨

赵匡胤，字元朗，是宋朝的开国皇帝。

和历代富有传奇色彩的皇帝一样，赵匡胤的出生也带着异象，不但天降赤红色的光芒，还有奇异的香味一夜不散。成年后，其人更是容貌威武，气度非凡，明眼人一看便知，此子绝非池中之物。

赵匡胤早年于后周从军，屡建战功。显德六年（公元959年），周世宗柴荣北征回京后不久就因病驾崩，遗诏命赵匡胤为殿前都点检，掌管殿前禁军。次年，赵匡胤风闻契丹和北汉联兵南下，在带兵御敌的路上发动了陈桥事变，从此龙袍加身，贵为天子。

在位期间，赵匡胤眼看这天下割据，势力林立，卧榻之侧，岂容他人安睡？他当然不甘偏安一隅，便早早地做好了统一中原的准备。

他一直紧盯着李煜的一举一动，却又惮于江南一带物资之富饶，虽步步施压，一时也不能贸然出兵。他清楚地知道，即使李煜臣服于宋，两国若是真的开战，胜负却是未知。当今之计，是摸清南唐朝廷的实力。

李煜对佛法的痴迷适时地引起了他的注意，南唐寺庙的大肆兴建更是为他创造了一个绝佳的机会。趁着金陵广收僧尼的机会，让暗探悄无声息地混入僧人之中，再进一步安插到李煜身边，岂不妙哉！

“开宝初，有北僧，号小长老，自言募化而至。”

李煜大兴佛事后，就有一个小和尚从北方一路化缘而来，人们都叫他为“小长老”。《笑谈录》中介绍，这位小长老本名叫江正，原是江南人士，却为宋朝重金收买，遂起叛国之心。

“德腊俱尊，故名长老”，在佛教中，德指德行，是在言行举止间表现出来的个人品质；腊指戒腊、法腊，戒腊指比丘受具足戒之后的年数，法腊指沙弥剃度出家之后的年数。也就是说，一般只有德高望重、辈尊年长的和尚才能被称正式地呼为“长老”，而小和尚年纪轻轻就已经在北方得到了这样的尊称，可见其佛法修为非一般僧人所比。

因此，他初到南唐，就直接去了当时最大的寺庙“清凉寺”，被时任住持的法眼禅师收为关门弟子，而这位法眼禅师恰是李煜的佛法导师。凭借这种身份，江正多次跟随师父出入宫廷，偶有机会，他还能在皇帝面前阐发佛经，引起皇帝的注意。不久，法眼禅师圆寂，江正就在皇帝的帮助下顺利继任为清凉寺的住持，并且完全承担起了在皇家传授佛法的工作。

江正常为李煜讲解“六根四谛”的理论。佛教讲究“六根清净”，“六根”指人的六种感觉器官或认识能力，即眼、耳、鼻、舌、身、意。眼是视根，耳是听根，鼻是嗅根，舌是味根，身是触根，意是念虑之根。对于具体的“四谛”，虽然人们说法不一，但都脱不开一个“苦”字。佛祖告诉人们，人生的本质就是“苦”，而这个世界就是一片苦海，生活中所有的烦恼都源于自己六根不净。

因此，人生的意义就是在苦海中洁身自守，普度众生，最终超脱尘世，静心涅槃。

佛教的箴言，句句都直击李煜脆弱而敏感的心灵。

他作为九五之尊，生在皇家，长于荣华，本就是个不甘寂寞的风流人物，却接连失去至亲至爱，几遭北宋欺压之辱。一双重瞳，看尽了世上繁华盛景，更尝遍了人间悲欢疾苦，他始终对因果论深信不疑，在他看来，如今切肤身受的所有惩罚，必然都是自己前世今生以六根种下的苦果吧。

为了减轻自己的业障，李煜将所有精力都投注佛门，再无心打理朝政，只盼着慈悲的佛祖能够将他救赎，在命运轮回中有所善终。至于为他“指路”的小长老江正，李煜对他可谓是言听计从，先是为他在牛头山大起佛寺，广聚僧徒，又从国库出资为他的千众徒子提供豪华的斋饭，将源源不断的食物运向寺中。

对于居心叵测的人来说，这种毫无节制的恩施，正是宣扬皇帝昏聩、扰乱民心的契机。他把这种特殊的关照称为“折倒”。“折倒”意味着推翻、推倒，这一说法流传出去，坊间都流言四起，说南唐李氏的江山不保，转眼将要拱手让人了。

这些虽然是赵匡胤打出的心理战术，但与实际情况也相差不远。

开宝四年（971年），宋军击溃了南汉招讨使郭崇岳的六万精兵，继而攻陷兴王府，刘𬬮降，南汉灭亡。

从此长江以南只剩下了南唐和吴越两个国家，而江正在李煜身边潜伏许久，关于南唐朝廷的消息早已源源不断地传到了北宋。

金陵城内依旧江山繁华，灯火不灭，殊不知，无事之邦，危在旦夕。

第四辑

西去·梦里不知身是客

第一节 他人笑我太疯癫

君主荒政，佛僧肆行，家国岌岌可危之际，朝臣们却各有各的对策。

首先是一些跟风向佛的臣子。他们积极执行皇帝的每一道诏令，无论这些诏令多么荒诞无稽；他们争先恐后地效仿皇帝的一举一动，纷纷在家焚起了檀香，“多数蔬食持戒以奉佛”，守着佛门的清规以表赤诚忠心。表面上君臣一心，其实不过阿谀逢迎、虚溜拍马以迎合圣心。

另一派便是反对皇帝向佛的大臣，他们心中虽对佛教不以为然，但又不敢公然违抗圣命，只得暗中为国担忧，其中，韩熙载就是一个著名的人物。

韩熙载原本是一个北国的贵族，因为战乱和政治变革，随着父亲韩光嗣逃离故乡，最后选择去吴国投靠自己的好友李谷。他伪装成商贾，经正阳渡过淮河，逃入吴国境内，最终抵达吴国的都城广陵。为了获得吴睿帝杨溥的召见，他首先呈递了一份《行止状》。《行止状》相当于一份详细的简历，介绍了自己的出身、投靠吴国的原因以及治国方略等，希望得到皇帝赏识，入朝为官。

这篇《行止状》虽然是请求对方能够接纳自己，却丝毫没有露出乞求之意，反而写得气势如虹，畅述平生之志。文章开头用简短的文字介绍了自己的生平后，笔锋一转，强调帝王选贤用能的重要性，之后，又用轻狂自傲的措辞介绍了自己的满腹经纶和鸿鹄之志。全文文采斐然，气势恢宏，至今还被保留在《江表志》和《全唐文》中。

因为来自北朝，韩熙载一直不得信任，直到李璟登基，才被授予知制诰一职。

按照唐五代时期的制度，中书舍人共有六员，其中一人负责为皇帝写诏书的工作，称为知制诰。韩熙载能任此职，除了表明中主李璟对他的信任外，也体现了他自身不凡的才能。他所起草的诏诰，文字典雅，有元和之风，甚得舆论的好评。腹有诗书气自华，陆游在《南唐书》中就对他赞不绝口，说他才气逸发，艺能出众，又极富有幽默感，与人谈笑颇具风度，可谓是当时风流人物之最。

但是，韩熙载毕竟是个耿介狂傲的儒生，一旦得到重用，便决心倾尽其才，辅佐皇帝治国平天下，他任知制诰之后，对于朝中大事更是尽心尽力，既不对皇帝一味逢迎，更不会向朝中权贵俯首，面对朝中人心涣散、皇帝委顿的情景，他直言敢谏，痛斥奸臣贼子蒙蔽圣心。这些奏章引起朝中权要的极大忌恨与不满，于是算计着如何除掉这颗眼中钉。

迎娶小周后的时候，李煜在宫中大兴宴会，满堂欢庆间，只有韩熙载在角落里疯疯癫癫地赋诗讽刺，嘲笑李煜多情，只顾儿女私情，罔顾家国兴亡。还有一次，李煜狩猎于青龙山，返回金陵后，一时兴起，就亲自到大理寺复核关押的囚犯，宽大地赦免了一大群犯人。韩熙戴于是上书进谏，指责皇帝越权行事，还要罚他拿出三百万私房钱来充盈国库。

幸亏李煜生性仁厚，深知他是忧国忧民的谏臣，所以凡事皆能容忍，也从来没有怪罪过他。

开宝元年（公元968年）五月，韩熙载撰写了《格言》五卷、《格言后述》三卷，进献给后主李煜。李煜读后非常赏识，升任他为中书侍郎、充光政殿学士承旨，这是韩熙载生前所任的最高官职。

韩熙载在南下之前就曾经起誓，等他将来位极人臣之后，就要率兵打回北方报仇。然而，后主李煜继位时，南唐已然国势不振，北方的宋王朝却迅速崛起。眼看着南唐一步步病入膏肓，韩熙载的政治抱负和理想一点点破灭。

他自知无力回天，便故意以声色为韬晦之所，在生活上疏狂自放。在他的府中聚集了大量的歌姬、乐师和舞女，每日夜里都要举行宴会，日日都沉浸在莺歌燕舞中，一副浪荡不羁的做派，其实为了借此转移同僚的视线，蒙蔽朝廷的耳目。

而李煜对韩熙载的变化捉摸不透，既不放心他那浪荡的性情，又重视他治国的能力，在确立宰相的事情上始终犹豫不决，于是派遣画家顾闳中前去探望。

顾闳中受命之后，暗中潜入韩家，他仔细地观察韩熙载日常的所作所为，然后详尽地画出来交给李煜。作为中国十大传世名画之一，著名的《韩熙载夜宴图》就由此而来。

此画采用了中国传统表现连续故事的手法，以连环长卷的方式，随着情节的进展而分段，以屏风为间隔，通过听乐、观舞、歇息、清吹、散宴等情节，叙事诗般地描述了韩府开宴行乐的全部情景。

画中人物以韩熙载为主，其他人物也大多真有其人，如状元郎粲、和尚德明等，都是韩府的常客。在充满歌舞美酒的画面里，韩熙载虽放浪形骸，却始终双眉紧锁，表现出悒悒不乐、心情沉重的表情，难掩忧心忡忡。

李煜一看，心中便明白了几分，知道他是故意而为之，也就不好勉强，只是常在重要的国事上与他细细商讨。

韩熙载的宴饮生活，十足将自己装饰成了一个骄奢淫逸的贪官，满朝文武便见机弹劾，李煜无可奈何，只得将他贬黜离京。韩熙载见状，立刻遣散了府中所有歌姬，一反放浪的常态，声泪俱下地向李煜哭诉：“我佛慈悲，尚容悔过。”

陛下啊，佛祖以慈悲为怀，愿意给人以诚心悔过的机会，你为什么就不能原谅我一回，再给我一次机会呢，不要让我一把老骨头流落在外，客死他乡啊。

连平日里最耿介的老臣也开始热泪盈眶地向佛祖求救，李煜心下也是哭笑不得，于是念在他是两朝元老的分上，从轻发落，罚了他几年的俸禄作罢。

第二节 热血一腔空余恨

北宋以武力吞并南汉后，南唐便孤立无援，风雨飘摇。

李煜为了保住李氏的祖业，先是在一年内接连向北宋进贡了三次，送去了锦帛二十万匹、白金二十万斤，还有大量的金银珠宝，并且一再退让，将自己“南唐国主”的称号改为“江南国主”。成为“江南国主”后，李煜便下旨降低南唐朝廷的礼制，自己不再使用皇帝的礼节，将封王的弟弟们改封为公，连皇宫屋檐上象征帝王威严的鸱吻也一并拆除。为了向北宋表达自己的臣服之心，李煜已全然不顾皇家的威严……

这一行为招致一些大臣的强力反对，尤其是那些镇守边疆的将士们，在他们之中，有不少刚烈的血性男儿，宁愿在沙场上马革裹尸，也不愿一再避让，割地求饶。

李璟在位时，后周举兵攻打淮南，为阻挡南唐的援军，建造了一座浮桥。林仁肇亲自率领一千敢死士，想要去烧毁浮桥，不料风向转变，计划失败，周军趁机穷追不舍。林仁肇在全军撤离的过程中，独自一人单马殿后，并将后周大将张永德射来的箭矢全部挡开，一夫当关，吓得敌军再不敢向前，颇有一副猛张飞叫嚣长坂坡的气势。

可惜淮南之役还是战败，李璟彻底失去了长江和淮河之间的土地，他担心后周继续长驱直入，不得已让出了四十多个州和六十多个县，并且答应每年向后周进贡，企图以此来解决后顾之忧。

为了洗刷耻辱，收复失地，开宝三年（公元970年），也就是北宋举兵南下攻打南汉的时候，镇守武昌的林仁肇私下里向李煜进言，主动请缨去攻打淮南。

林仁肇原来是闽国的一名将领，灭国后才归顺南唐。此人生性刚强坚毅，武艺高强，而且身材魁梧，性格豪放，其身刺有一只吊睛大虎的文身，所以人们常叫他林虎子。

他向李煜进言，北宋的部队从北方跋山涉水而来，路途遥远，人困马乏，而且接连征战西蜀、荆湖、岭南，早已疲累不已，而淮南的守军也被征去参战，守卫空虚，正好乘虚而入。他愿意以身犯险，亲自带领几万精兵，凭借着南唐在淮南地区多年累积下来的声望，必定可以顺利地击溃驻军，收复失地。

不仅如此，考虑到北宋的威压，林仁肇还提议让李煜给他冠上叛军的罪名，对外宣称他背叛朝廷，私自出兵，甚至在他出战之后，马上下令逮捕他全家老小。如此一来，如果他林仁肇的军队在淮南大获全胜，那么南唐就能收回旧土；如果他不幸战败了，便以乱臣贼子之名昭告天下，不给赵匡胤留下出兵讨伐的理由。

林仁肇铁血丹心，不怕背负千古骂名，不惜牺牲全家性命，可谓是一片赤胆忠心。只是这一腔热血在李煜看来不过是匹夫之勇，太过鲁莽，他以为当今之计，仍是以求稳为佳。他生怕林仁肇一时冲动，起兵造反，给南唐带来灭顶之灾，于是他决议将林仁肇派去江西南昌，坐地封官，以免他惹是生非。

林仁肇为人耿直，军功显赫，因此声名远播，深得军心，却招致南唐嫡系将领皇甫继勋、朱令赟等人的嫉恨。因此，林仁肇一走，他们就在李煜面前几加诬陷，说他已经投靠宋朝，还要在江西自立为王。

而这边，对林仁肇含有几分惮意的赵匡胤听闻这君臣二人已经心生嫌隙，于是顺水推舟，假装若无其事地带着出使北宋的李从善参观自己的宫廷，故意把林仁肇的画像和一众北宋开国元勋的画像放在一间屋子里，透露出“林仁肇早已经暗中投靠赵匡胤”的消息，促使李从善在惊慌之余暗中写信上奏了皇帝。

众口铄金，积毁销骨。

最终，一代铁血名将，未能光荣地为国征战而殁于沙场，反倒因为几番误解，被下毒暗杀而惨死家中。

第三节　断续寒砧断续风

“曾观大海难为水，除去梁园总是村”，北宋驸马都尉柴荣庆曾经这样描述宋代繁华富丽的东京城。在这富甲天下的北宋首都里，聚集了不少豪门贵族，气势磅礴的府宅深院也是鳞次栉比，其中，有一座宅邸与周围建筑的风格却迥然不同。园林流水、长廊亭榭，不同于北方巍峨简洁的建筑风格，呈现出一股江南的婉转流情和雅致清韵，这就是著名的“礼贤宅”。

占领南汉后，赵匡胤的军队历经长途跋涉，已经是疲惫不堪，而南唐和吴越在短时间内也无法一举拿下。大业将成，如果最后能够不战而屈人之兵，那自然是最好不过了。因此，北宋对待两个早已臣服的国家可以说是软硬兼施，一面步步施压强取豪夺，一面又仁慈地未曾伤及他们一兵一卒。

赵匡胤虽是一介武夫，但深知武力讨伐虽能攻城略地，却无法左右人心向背，要想统一中原，必须文治武功，礼贤下士，显示出帝王的仁慈之心，才能让诸王归顺、百姓归心。因此，北宋虽然吞并了大大小小许多国家，却对每一个亡国之君都待之以礼。即使有些国主因不愿归顺而被处死，在他们去世后也都受到了丰厚的赏赐和荣耀的追封，家族中的子孙后代更是可以长久地享受到北宋朝廷提供的优厚待遇，仅仅凭借着挂名的空虚官职，就足以让他们过上富贵平安的稳定生活。

这座礼贤宅兴建于开宝年间，在京都的建筑群里格外引人瞩目，不仅仅因为它规模宏大、装饰独具一格，更因为这所宅第主人身份的特殊性。礼贤宅是赵匡胤特地为南唐国主李煜和吴越忠懿王钱俶所建，宅中景观尽可能地还原了江南园林的场景，如此贴心的准备就是想要让南方的客人宾至如归，就此安心地居住在京东。

赵匡胤于是昭告天下，这礼贤宅独此一座，李煜和钱俶二人谁能够先向北宋献国投降，就能够得到高于常人的礼遇，而剩下的那个，自是免不了兵戎相见。

这吴越的忠懿王钱俶是个不折不扣的暴君，向来喜欢行骄奢淫逸之事，吴越立国百年，几代都是国泰民安，传至钱俶这里，竟被他折腾得民不聊生。钱俶绞尽脑汁地克扣百姓的民脂民膏，上至金银珠宝、传世珍品，下至鸡鸭鱼肉，连寻常人家的鸡蛋都不放过。每次进贡不足的百姓都要受到严酷的笞刑，被人用竹板或荆条鞭打，家中富裕者要被笞数十下，穷人家的就得累及到几百下，弄得民怨沸腾，起兵不断。

周遭诸国接连被北宋吞并，钱俶意识到自己的危机，立刻挖空心思地将吴越的宝贝都拿出来，亲自前往北宋上供给赵匡胤。

可赵匡胤是心怀天下的血性男儿，根本不在乎这些奇珍异宝。

“这些都是你国库里的东西，何必拿来献给我呢？”他不仅不收下，反而回以厚礼，还把钱俶平平安安地送了回去。

钱俶满心欢喜，心想赵匡胤必定是被他进贡的诚心所动，所以没有收下他的奇珍异宝。再说宋朝皇帝真是一言九鼎，心胸了得，自己孤身入境，还能被安全地送了回来，只要日后继续好好地供奉北宋，就算举家搬到东京的礼贤宅中去，这天子也一定不会为难于他。

而赵匡胤和钱俶都没有想到，平日表现得怯懦软弱的李煜这一次竟然动了举旗反抗的心思。

草木皆兵的日子里，李煜时常想起自己的祖父，那个身姿矫健、威武不屈的帝王，若是他在位，定不会像我这般无所作为吧。

在李煜的脑海中，有关祖父李昪的记忆是相当模糊的，每逢战乱，宫里的老人总是在传说着祖父传奇的一生。那些零碎听来的言语，逐渐拼凑起一个人生轮廓，似乎要比太庙中那个冰冷的牌位更加热血鲜活一些。

可以说，李煜和兄弟们童年时的安稳人生，正是他的祖父倾尽一生心血换来的。小小少年的风花雪月、琴棋书画，他所接触的师友、他所读到的典籍、他所拥有的亭台楼阁绫罗绸缎、他所生活的繁华金陵，皆是受其祖父的庇护。

他在后花园中无忧无虑嬉笑玩闹的时候，那个年过半百的老人，意气风发，正在金殿中接受万民的朝拜；他觉得四书五经味如嚼蜡时，他的祖父正在深夜里批阅奏章指点河山。李从嘉这个鲜活的小生命犹如东升的旭日一般明媚灿烂，可是一代英豪李昪却渐渐萎去，直至油尽灯枯，只能寄希望于几丸丹药来延续生命。

后来，当父亲李璟一次次遭遇战败，面临割地进贡、称臣迁都的耻辱时，总是眼含热泪地在太庙中长跪不起，他虽年少不谙世事，也常常陪同在旁，眼见平日里威严的父王在祖父的画像前神伤不已，他又似乎明白了什么，李家的血脉既给他带来尊贵的身份，也给他注入一份帝王的责任。

为了保留南唐的一线命脉，他多年来一直忍气吞声，本以为一味的退让可以让赵匡胤心满意足，可事到如今，他才真正明白了祖父南北征伐的艰辛，体会到了父亲割地让权的痛苦，如果自己继续敷衍避让，南唐的山河早晚要葬送在他手中。

什么礼贤宅，可笑至极，一座关押俘虏的牢笼，不过是装饰上了华丽的外壳罢了。如果就此拱手让出李家辛苦积攒下的基业，祖父和父亲若是地下有知，该是作何感想，来日我命归九泉，又有何颜面去面对背负起南唐兴亡的将士亡魂？

既然迟早一战，更要殊死一搏。

自古以来，成王败寇。

李煜哪怕以一身之死谢罪于万千英灵，又有何妨！

第四节　何劳荆棘始堪伤

李从善是李氏家族中唯一比李煜年幼的皇子，本也有心争夺皇位，才会暗中让钟谟在父皇面前诋毁李煜，不过李煜登基之后，非但没有将他视为心头大患，反而对他十分信任，不仅委任他为朝廷要员，还派遣他作为南唐的使者出使北宋。李从善知晓此次出使责任重大，不敢怠慢，为了李家江山永固，他亦是做好了最坏的打算。

然而李煜担忧的事还是发生了，李从善一去不得返，被赵匡胤赐了一个虚空的官职就给软禁了起来。李煜对弟弟本就手足情深，如此一来更是心存愧疚，几次在宴会上都禁不住为心底的思念和担忧痛哭失声。

开宝七年（公元974年），李煜终于按捺不住，向北宋上表求放李从善归国，却被赵匡胤义正词严地拒绝。

同年秋天，宋太祖先后派梁迥、李穆出使南唐，说北宋的天子要举办隆重的祭天仪式，李煜作为属国的国主，也应当前往北宋参加。显然，此去必定是凶险万分，李煜托病不从，回复道："我一心一意地侍奉北宋，只是希望能够保全宗庙，想不到北宋竟然还要步步相逼，事既至此，我大概也只能够以死谢罪了。"

其实，经过礼贤宅一事，赵匡胤早就已经猜到今日他会做出这般反应。面对李煜这样委婉又刚硬的态度，赵匡胤不怒反笑，作为属国的国主，公然违抗天子的命令，正好让他得到了一个合情合理的由头。

北宋正式出兵攻打南唐。

开宝七年的闰十月，宋军攻下池州。

就在南唐危难之际，相邻的吴越非但没有出兵援助，反而趁火打劫，派军攻占常州和润州。李煜气极，立马派人修书质问钱俶。

"倾巢之下，焉有完卵？今日没了我南唐，明日难道你吴越还能独自存活？一旦赵匡胤一统天下，你也不过是一介布衣罢了。倒不如和南唐一同起兵反抗，两国联合之后，说不定还能有几分胜算。"

唇亡齿寒之理句句诛心，但是吴越王根本不以为然，只算计着自己今后的享乐生活，甚至把李煜的书信送到北宋赵匡胤的手里。

南唐孤立无援，背水一战的命运早就被写定。

李煜眼见大军压境，只得下令让金陵全城戒严，筑城聚粮，并且委任皇甫继勋统领兵马，全力御敌，却不知道自己最看重的名将之后，恰是金玉其外，败絮其中。

皇甫继勋的父亲是李璟手下的一代名将皇甫晖，他位兼将相，历经大小战役数十次，从来没有打过败仗，直到败给赵匡胤之后才被俘至东京。周世宗柴荣敬重他是一名好汉，对他以礼相待，企图招致宋军麾下，但是皇甫晖性格刚烈，拒不接受赵匡胤的招降，最终以死维护了南唐老将的名节。

皇甫晖死后，皇甫继勋就继承了父亲的位置。都说虎父无犬子，可这皇甫继勋却是一个贪生怕死的无能之人。他年纪轻轻，毫无战功，只知纸上谈兵，而且平素贪图享乐，如今宋军兵临城下，他丝毫也没有父亲那样的效死之意，反而盘算着如何以投降保全自己的性命。

之前他就因为妒贤嫉能使得南唐损失了一员虎将林仁肇，如今临危受命，不仅不鼓舞士气，反而宣扬北宋大军如何威武神勇，南唐的将士不过乌合之众，实难与之匹敌。为了掩盖李煜耳目，他做出拼死一搏的假象，实则边战边退，只图保全自己。

林仁肇被杀之后，北宋的大军就无所忌惮，一路向南杀进，开战伊始，进军非常顺利，宋军一直攻打到了长江沿岸。可是长江之水吞山衔月，横无际涯，数百年来，多少北方政权，都被这一江之水阻隔难进。南唐虽国力日衰，但依仗着长江天险的保护，也毫不担心北方不识水性的军队能够跨江而来。

即便有长江的保护，这个国家的根基却早已开始腐烂，上至权高位重的大臣，下至人微言轻的百姓，都各自疲于奔命，人心涣散；林仁肇死后，更是军心动摇，不战而逃。

樊若水是江南水乡的一介书生，自幼就聪颖好学，能思善算，博闻强记，常有惊人之语，他不愿在乱世中蹉跎岁月，隐逸无为，而一心想通过科举入仕，搅弄风云，光耀门庭，名扬千古，结果却屡试屡败，进取无望。

他眼看着民生凋敝，皇帝无为，深感痛心，国家风雨飘摇之际，本该慈悲为怀的和尚却是肆无忌惮，本该为国为民的官员却是横行霸道，本该强权守国的国主却是贪生怕死。

这金陵，可还是我幼年日夜向往的繁华胜地吗？这江南，可还是人人口中国泰民安的鱼米之乡吗？这土地，可还听得见南唐百姓民不聊生的哀号声？

樊若水对南唐腐败的朝廷，尤其是昏庸软弱的李煜痛恨不已。既然南唐朝廷无法为他的鸿鹄之志打开宫门，为何不另投明主？恰在此时，他听说崛起于北方的宋太祖赵匡胤广开言论，招纳贤士，便决定北归宋廷，为宋太祖效力。果真，进入北宋不久，他便成为赵匡胤身边有名的策士。

面对阻碍宋军南下的天堑长江，樊若水心生一计——这长江纵是险峻万分，说到底也不过是一川流水，如果能用竹筏、大船架起浮桥，就能让北宋军队顺利渡江。

这是一种前无古人的大胆设想，但要实现并不容易。

首先，建造浮桥的位置就曾让樊若水数日茶饭不思，彻夜难眠。好在樊若水颇懂些兵法，也读过不少地理方志，又长期生活在长江边上，因此对长江渡口、圩堰、关卡、要塞等无不了如指掌，最后将相对狭窄的采石江面作为首选。

除此之外，要架浮桥，不仅要事先测量出江面的准确宽度，而且还要在岸边建起浮桥固定物。采石江面“惊波一起三山动”，如今更是南唐的军事重镇，要在南唐驻军的眼皮底下测量江面，实非易事，只能设法暗中活动。

于是，他以渔民的身份为掩护，终日一人划着小舟，反复来回在江面漂流，看似在打鱼捞虾，其实是在度量江面的宽度。长江水面阴晴不定，旋涡几次要将他小小的船只吞噬，大风夹带着冰冷的雨水打湿他的衣衫，波涛溅起的水花狠狠地拍打在他的脸上，却始终改变不了他叛国救民的信念。

终于，数天之后，他凭借一己之力掌握了长江沿岸的水流风向，军力部署，随即因地制宜，将架设浮桥的计划制成地图，献给赵匡胤。

他紧紧地握着手中的图，看着密密麻麻的数据，每走一步，都像是付出了千斤重的决心。他心里比谁都清楚，事成之后，樊若水作为南唐逆子，势必要背负上千古骂名，可每每想起故乡丧权割地之辱、流民食不果腹之苦，他的步伐就坚定了许多。

赵匡胤听闻在长江上建浮桥的计策，不禁连连称赞，给樊若水封官加赏之后，就命人去建造制桥需要的大量板材和竹筏。

在北宋，樊若水终于得到了他毕生追求的功名利禄，抱负虽得以施展，心中却是五味杂陈。如今，南唐亡国已成定局，只是应当如何回答家中老母急切的询问，又该如何面对江东父老戳在脊骨上的指责，令他倍感烦忧。

很快，赵匡胤手下大将的颍州团练使曹翰兵出江陵，宣徽南院使曹彬等随后出师，水军和陆军两路并行。南唐人引以为豪的长江再也不能为他们提供牢不可破的庇佑了，在仓皇撤退中，他们只能眼睁睁地看着宋朝大军如履平地一般地跨过长江，那势如破竹的铁骑重重地踏上自己的故土，压断了南唐的最后一根脊梁。

樊若水满目悲怆，转身离去，独留得一个形单影只的瘦弱背影，湮没在历史的长流中。

第五辑

轮回·清雅才情世永存

第一节　一曲清歌别江南

原本，每年春夏之交，长江的江水都会因为暴涨而浪潮汹涌，使得水势加倍险峻，民间都把这种现象称为“黄花水”。然而，北宋的军队到达江岸的时候，江面却在渐渐地下降，甚至连水势都平稳了下来，令住在江边的老百姓心中大惊，莫非那赵匡胤真的是真龙天子下凡，这是老天注定要亡我南唐吗?

根据樊若水提出的方法，宋军沿着采石矶一带搭建了一座巨大的浮桥，趁着水势平稳，顺利地渡过了长江。

皇甫继勋大惊，没想到宋军这么快就挥师南

下，他心知肚晓，一旦失掉长江，金陵城覆灭不过是早晚的事，当今之计，只有将所有兵力部署在金陵周围，或许可拖延敌军的脚步，于是他急命洪州节度使朱令赟驰援皇城。

和皇甫继勋不同，洪州节度使朱令赟是个颇有胆识的将领，他亲自率领了十五万精兵前往支援金陵，途中经过采石矶，朱令赟下令焚烧宋人的船只，只可惜天意弄人，平静的河岸突然掀起狂风，将火势卷向援军，结果宋军丝毫未伤，反而烧得南唐的援军溃败皖口。

外援既灭，宋军几乎没有受到任何有力的阻挡，一路更是势如破竹，直接打进了南唐腹地。

可这边的金陵城里，李煜被皇甫继勋等人瞒得严严实实，当真以为南唐的英勇男儿利用长江天险的优势把宋军拖得动弹不得。因此，在赵匡胤带兵攻入整个金陵城之前，他还悠哉地举办了一次科举考试。

若不是那日，他一时兴起，想要登上城墙看看自己的江山，或许至死还不知所以。

刚踏上石阶，他就嗅到了风中飘来的浓浓的烽火之气，一场安稳祥和的南国梦这才骤然清醒过来。

狼烟四起，哀鸿遍野。

那火光弥漫的是什么地方，哪里像是他记忆中如诗如画般烂漫的南唐呢？

将士们尸横遍野，百姓们争先恐后地逃亡，城下密密麻麻的，都是北宋大军的战旗啊。

想他前日还富有闲情雅致地悠游在深宫后院里作词饮酒，今日就亲眼见证了国事颓唐的败局，连自嘲的气力都被萧瑟的风吹去了大半。

远方传来的铮鸣声，像是一把利刃，一刀一刀地砍进他的心头，让他扶着栏杆的手也不由自主地颤抖起来。

他苦笑一声，闭上深色的重瞳。

呵，好一个皇甫继勋，就用你的命来祭奠这万里江山吧。

临江仙·樱桃落尽春归去

樱桃落尽春归去，蝶翻金粉双飞。

子规啼月小楼西，玉钩罗幕，惆怅暮烟垂。

别巷寂寥人散后，望残烟草低迷。

炉香闲袅凤凰儿，空持罗带，回首恨依依。

这首词是李煜在敌兵围城中所作，看似是一首春怨词，实则是借思妇怨女之口传达自己亡国失势、朝不保夕的无奈愁恨之情。

瞧瞧这寂寞的宫殿，宗庙难保，樱桃难献，往日的美景全都随着春天纷纷归去，现如今已是残花败柳之象了，只余下无知的粉蝶儿，只知道寻欢作乐，就像往日无知的昏庸国主一样，明明是国家危亡之际，还只想着和爱人无忧无虑地比翼双飞。

那小楼上头，杜宇转化的子规正对着宋军行来的西面，整夜整夜地泣血鸣啼，仿佛也在控诉亡国的悲苦。他倚着楼窗的玉钩罗幕向远方瞭望，愁绪忽地侵袭而来，他望着弥漫的暮烟，对着长空惆怅难掩，为国势朝不保夕而自伤。最终默然无语，只是垂下了黯然失色的眼眸。

入夜后，人们都相继散去了，小巷子里也只剩下一片岑寂，面对低迷的烟草，断肠的人更是感到凄然欲绝。那厢深闺里，香炉里渐渐晕开的清烟静静地缭绕在绘饰了凤凰的衾枕周围，但见美人空持罗带，愁容满面。江山如此危殆，美人如此憔悴，怎能不令人回首恨依依……

此后，围城的宋军开始不分日夜地攻打金陵，城中米粮匮乏，死者更是数不胜数。

十二月，金陵失守，守将呙彦、马承信、马承俊等都力战而死，右内史侍郎陈乔愤然自缢，李煜奉表投降。

“南唐”二字，就此在历史的血泊中画上了句号。

那一日，是李煜在金陵的最后一天，他早早地沐浴更衣，在后宫嫔妃的哭号中向太庙缓缓走去，那里早已空无一人，侍奉的守卫早就不知所踪，在那清冷的牌位的注视下，他轻轻跪下，亡国之痛化作一阵无声的呜咽。他枯坐许久，双目紧闭，也许这就是命运造化吧，倘若生在普通人家，他一定会是个吟诗弄画的风流公子，不必为国事担忧，不必承担这断壁颓垣的哀戚。奉表投降虽然断送了李家江山，但至少可以让金陵百姓免遭屠戮，这或许是他能为百姓做的最后一件事了吧。

破阵子·四十年来家国

四十年来家国，三千里地山河。

凤阁龙楼连霄汉，玉树琼枝作烟萝，几曾识干戈？

一旦归为臣虏，沈腰潘鬓消磨。

最是仓皇辞庙日，教坊犹奏别离歌，垂泪对宫娥。

最令他痛苦的还是无颜面对父亲与祖父。

南唐在李家三代手中传国四十余年，它幅员辽阔、山河壮丽，修缮不久的宫殿高大雄伟，可与霄汉相接，皇家园林里尽是奇花异草，就像生长在仙境中的玉树琼枝，在这样的奢侈生活中长大，我哪里懂得什么战争呢？

而今我却成为帝国俘虏，精神上的折磨使我腰肢减瘦、鬓发斑白，最使我难忘的是，在辞别太庙的时候，教坊里竟隐隐传来离别的歌声，这种生离死别的情景，实在令我悲恸欲绝，只能和婢女们一同垂泪。

是啊，他守不住仲宣，守不住娥皇，如今，他更是守不住他的国家，守不住他的臣民，守不住他祖父操劳一世的心愿。

他终其一生，到底守住了什么呢？

臣民皆拜他为一国之君，他竟然当真觉得自己拥有一身与众不同的风骨，天生应当无忧无虑，坐享其成；他竟然会把幼时在钟山顶端所看到的壮阔长江当作他江山太平的倚仗；他竟然始终相信神圣的金陵比任何城池都坚固，会永远不受侵犯，安宁康泰。

现在他才明白，南唐最牢固的城墙，其实是他的祖父付出的每一分努力、流淌的每一滴血汗。是祖父倾尽一己之力，才把自己和父亲牢牢地守护在金陵城里，许给他们一世的光明与安宁。

那些暗夜里的灯光、那些沉重的奏折、那些冰冷的武器，莫名涌现在他的脑海中。

李煜回忆起祖父与群臣辩论时，脸上自然流露的骄傲和兴奋，他才明白了一个英雄、一代君王刻在骨子里的追求。

那是自己从来都没有过的渴望，如今，他终于懂了，可又有何用呢?

他想起了那一首《摊破浣溪沙》，那是父亲李璟最得意的作品，就挂在书房里：

菡萏香销翠叶残，西风愁起绿波间。

还与韶光共憔悴，不堪看!

细雨梦回鸡塞远，小楼吹彻玉笙寒。

多少泪珠何限恨，倚栏杆。

起初他根本不明白，不知豪气万丈的父亲怎会做出如此哀伤之作，但是这种哀伤又分明在他夜半梦醒时扑面而来，他曾以为祖父对长生不老的追求十分可笑，如今却对那个老人投入悲悯的一瞥。“悲哉！秋之为气也。萧瑟兮，草木摇落而变衰”；“黯然销魂者，唯别而已矣”；“生年不满百，常怀千岁忧”，纵然时光更迭，诗人的忧伤却丝毫未减，忧郁的灵魂如果无处安放，现世的生活不过是一场幻梦。

荷花残、繁叶枯，秋风吹皱起水面，更吹皱了离人的额头。年华易老美人迟暮，多少美好的时光来不及分享，人就被秋风吹白了头。远人只能在梦里出现，幽幽的乐声更是有心人动情垂泪，催得秋意更寒了几分。

世人只知金陵的繁华，“金陵空壮观，天堑净波澜”也好，“当时百万户，夹道起朱楼”也罢，他却独爱刘禹锡那句“山围故国周遭在，潮打空城寂寞回”。他的内心和金陵城何其相似，表面沸反盈天，其实秋风萧瑟。

生于金陵，老死金陵，恐是痴心妄想。他生命中最后的时光，只能在醉里梦里，把故乡的月亮、金陵的山水，一次次思量，一遍遍回想。

第二节　山河永寂南国梦

宋开宝八年（975年），李煜肉袒出降，被俘至汴京。

降王归顺的那日，北国万里飘雪，银涛无际。

王师大捷而归，东京城里处处洋溢着胜利的喜悦，朝臣们早已守候在城门前，将士们金盔碧甲，气势如虹，列队接受皇帝的检阅，一时间山呼万岁，振聋发聩。

赵匡胤应声而出，瞬时万籁俱静。他站在高高的台阶上，身躯高大挺拔，未发一言，只是仰首俯瞰着东京一片繁华的盛景。

那道凌厉的目光所及之处，是他的子民，是他的江山，是他的天下，就连那漫天飞舞的银色雪花，也只能落在属于他的土地上，融化、积累，只能在他的脚下，蓄成一望无垠的雪海。

罔顾群臣期待的炽热眼神，他转而望着阶下默默跪着的那人。

历经刻骨铭心的亡国之痛和从军北上的长途跋涉，李煜愈加显得清瘦，袖中露出的一节腕子却不见柔弱，反倒透出一股锐利的气息来。在那茫茫的雪地里，他只着了一身白色的素衣，神色淡然，一目重瞳缥缈不定，仿佛感受不到从脚下渗入骨髓的阵阵寒气，仿佛只要一不留神，他就要全然融入那惨淡的银海之中去了。

赵匡胤一时心下不忍，却看到扣押李煜的宋军将领骄傲自豪的神态，再想起南唐国主往日种种大逆不道的反抗之举，这才定下心神，大手一挥。

天下一统，举国同庆，大赏全军。

大赦战俘，封李煜为违命侯。

震耳欲聋的欢呼声接连四起，不绝于耳。

李煜徒地微微颤抖，若不是这惊天的声响硬生生地刺入他的双耳，他还觉得自己犹在一场无力挣脱的梦魇之中。

肉坦出降，双膝跪地之后，一国之君的命运就落入他手，任人摆布。

违命侯，多么讽刺的一个封号，仿佛在昭告天下：他李煜身为属国的国主，却屡次三番地公然违抗天子的命令，才会惹得天子一气之下率兵平定南唐。如今，他已是亡国的俘虏了，比北宋布衣百姓还要卑微，只是承了北宋天子的仁慈宽厚之情，才能获封为侯爷，才能继续地过荣华富贵的日子。

赵匡胤把那人一切的反应都看在眼里。

国破家亡，耻辱加身，李煜却是不悲不喜，神色淡然，只是静静地跪在惨白的雪地上，与满城热闹的气氛格格不入，这样不卑不亢的样子反倒让他心下甚感不满，不由得皱起眉头来。

有史料记载，被俘到开封之后，李煜就一直被囚禁在开封城西北角的西城墙外，一个叫作逊李唐的村子里。

这“逊李唐”的名字也是赵匡胤亲自命名的，言下之意就是专门用来囚禁南唐后主李煜的地方。他最看不惯那人做出一副宠辱不惊的模样，明明已成了北宋的阶下囚，却还是一身清高自持的姿态。他倒要看看，几番辱弄加身，那人还能够风轻云淡到什么程度？

其实，世间哪有一颗冰凉透顶的心房，可以漠然对待周遭的一切？他只是小心翼翼地藏好悲伤，在夜阑人静时才将忧伤与懊悔寄予笔墨。

浪淘沙令·帘外雨潺潺

帘外雨潺潺，春意阑珊。罗衾不耐五更寒。

梦里不知身是客，一晌贪欢。

独自莫凭栏，无限江山，别时容易见时难。

流水落花春去也，天上人间。

相见欢·无言独上西楼

无言独上西楼，月如钩。寂寞梧桐深院锁清秋。

剪不断，理还乱，是离愁。别是一般滋味在心头。

沈际飞在《草堂诗余续集》中评价说：“七情所至，浅尝者说破，深尝者说不破。破之浅，不破之深。‘别是一般滋味在心头’句妙。”家国不幸诗家幸，亡国之后的李煜抒写了一篇又一篇传世之作，可是谁曾真正将眼光投向千年前那些不眠之夜，为黯然神伤的词人递上一杯释怀的清酒。

虽已囚禁了李煜，但赵匡胤仍以为他内心留有余念，不愿臣服，于是派了已经归顺宋朝的南唐旧臣徐铉去看望李煜，一探究竟。

南唐亡国后，有不少忠烈自尽于金陵，当然也有识时务的人主动归降赵匡胤，官位低微者尚且图个保全身家，位高权重者或许还能在北宋谋得一官半职，对他们来说，江山易主只不过是换个皇帝罢了，追随一人不过是愚忠。

李煜对徐铉虽然以礼相待，但言辞神色之中也是颇为冷淡，就算昔日主仆二人相对而坐，他只是自顾自默默地举杯饮茶，望着瓷杯里沉浮起落的茶叶发呆。想到自己飘零沉浮的身世，更是不愿意多同叛臣说话。

徐铉也不好贸然开口，只是静坐良久。许久，只闻李煜长长地叹了一口气，感慨道，在位的时候他错杀了一众忠良，如今想来实在是悔恨不已。

早在当初李煜下令斩杀刚烈进谏的文臣潘佑和他的朋友李平的时候，徐铉就是挑拨离间、推波助澜的人之一，此言一出，徐铉倍感尴尬，竟无言以对。再看李煜这般兴致寥寥，叹息之后就再没有开口的意思，更是自觉无趣，立即放下茶杯，敷衍地向他作个揖，就告辞离去。

事后，徐铉将李煜冷漠的反应和他万千感慨下所说的话都一字一句地如实报告给了赵匡胤。赵匡胤一听，心下顿生不悦，他这般好生相待，李煜却如此不识好歹，非但不知道感恩北宋的不杀不虐之情，心中竟然还一直惦记着故国的朝廷旧事，他说到“后悔”二字，莫不是心有不甘，还盼着卷土重来的意思？

赵匡胤猛一拍案，当下就对李煜起了杀机。

不久，李煜接到了一封来自昔日宫人庆奴的书信，他在信中关切地问候了旧主的近况。

李煜倒也毫不避讳，在回信中直接写道：“此中日夕以泪洗面。”

他住在这屈辱的地方，虽然衣食无忧，但是每天醒来要面对的都是敌人的冷嘲热讽和怜悯招待，如此种种，他在信中详细地述说了自己离开故乡的悲伤情感，和在北宋的不安之情。

不幸的是，这封信也落到了宋太祖的手里。

宋太祖阅罢，龙颜大怒，进一步认定李煜就是一个不识抬举之人。

其实，当时李煜完全没有什么复辟之心，只是因为他的赤子之心和真性情，并没有对亡国之痛多加掩饰。这两件事之后，多疑的赵匡胤在心里已经给李煜这位亡国之君判下了死刑。

虞美人·春花秋月何时了

春花秋月何时了？往事知多少。

小楼昨夜又东风，故国不堪回首月明中。

雕栏玉砌应犹在，只是朱颜改。

问君能有几多愁？恰似一江春水向东流。

故国三月十里繁盛春花啊，今夜皎皎空中的圆月啊，这什么时候才能够终了呢？

长身玉立庭院前，只影徘徊着，多少愁思、多少悔恨，都只愿它在梦中随着一江春水静静地向东流去，只剩这潺潺的遗响陪着李后主回忆往昔的宫廷宴会歌舞的欢乐美好时光。

他想起了娥皇的娴静聪慧，似月弯眉、如柳细腰和歌舞琵琶，想那烧槽琵琶没有娥皇的抚慰一定寂寞了，就如同此刻的自己一般；想起了“女英”在花明月暗飞轻雾的晚上，袜步香阶手提金缕鞋与自己画堂南畔相见依偎的甜蜜；想起了深深庭院里宫娥的云鬓森森花颜月貌，和彻晓纱窗下待君君不知的缠绵忧思。

午夜时分小楼里阵阵风吹动着院落里树木的枝叶，纸窗也窸窣作响，闭着眼睛是漆黑的夜，睁着眼是远处灯火通明的宫殿。这隐约可辨的丝竹之乐，这年复一年的春风吹尽秋月始到，重复的不只是年岁，还有李后主恰似一江春水初盛的愁绪啊！

然而这一切都成为过往云烟，赵匡胤的巧计密谋一点一点地将他纸醉金迷的梦燃烧成烬。他脱下了尊贵的黄袍，穿上了一身素白的布衣，束带当风，落落只影徘徊忧思，这成就了他在词史上的至尊地位。

清人郭麐有诗曰“作个才人真绝代，可怜薄命作君王”，这两句诗道出了李煜的超凡才艺和不幸的命运。史料记载，李煜精书法、善绘画、通音律。李后主诗文音律皆有一定的造诣，其中以词为最。国学大师王国维在《人间词话》中对后主词多有赞赏，“李重光之词，神秀也”“词至李后主而眼界始大，感慨遂深，遂变伶工之词而为士大夫之词”“不失其赤子之心”“性情愈真，李后主是也”“后主之词，真所谓以血书者也”。

诚然，后主词不似端己词淡雅清丽，不似飞卿词艳丽绮靡。赤子之心本就动人，血泪之书何人不为之动容？

这首词被称为李后主的绝笔词，大概作于李煜归宋后的第三年。

史料相传，七夕之夜李煜命歌妓吟唱这首《虞美人》，宋太祖知晓此事，对于词中“故国不堪回首”“一江春水向东流”的句子煞是介怀，认为李煜“人还在，心不死”，妄图复辟。

于是，他派儿子赵元佐以贺寿之名送去一壶酒，宴会将尽、宾客将散之时，李煜毒发身亡。

原来，这御赐的酒中掺有“牵机药”。据说此药是宋太祖一早就为亡国之君李煜而制。中毒之人会惊厥，最终因呼吸衰竭而死，这药毒发之时肢体抽搐、头足相接，死状极惨。

莫问君王故国繁华几多念，牵机酒一杯万古愁绪皆忘。

那一夜，李煜感觉自己做了一个好长好长的梦。

他梦见祖父还坐在朝堂上，坐拥南方阔土，对着满朝文武挥斥方遒，意气风发；他梦见父亲轻柔地抱着年幼的他坐在书房里，耐心地教他识字，带他念词吟诗，陪他领略江南的种种美景；他梦见弘冀哥哥年少时俊朗的模样，带着他出门狩猎，却嫌弃他打不中猎物，一边奚落他，一边又把自己的猎物都分了过来；他梦见娥皇抱着精美的烧槽琵琶，还穿着绣了金线牡丹的长裙，款款地坐在后院的小亭子里陪他一起赏难得一见的雪景；他梦见仲宣在殿堂里欢快地跑来跑去，宫娥慌忙地跟在他后面却怎么也追不上那个活泼的小皇子；他梦见“女英”娇俏地侧躺在艳丽的花丛之中，一抬首就对他露出了熟悉的温暖笑容；他梦见韩熙载摇摇晃晃地打着醉拳，一面又倚老卖老地大胆讽刺他，他却无可奈何；他梦见林仁肇带领大军击溃了北宋的军队；他梦见小长老一身僧袍，在佛堂里为他指点人生；他梦见南唐的百姓仰首翘盼，望着他们天生异象的新皇帝登基，对未来的生活充满了期待……

可是，转眼间，一阵大风吹过，一切都变了模样。

他看到祖父瘦得不成人样，厉声责问他怎可断送江山；他看到父亲签下了让地的契约，含着眼泪送出一车车的金银珠宝；他看到弘冀哥哥的笑脸变得面目狰狞，亲手把锋利的匕首插进了叔父的胸膛；他看到娥皇口中吐出鲜血，凄厉地在大雪里尖叫呼喊，甩手就把烧槽琵琶砸在地上；他看到仲宣跑着跑着就摔倒在地上，怎么唤都唤不起来，翻过身来，却看到他面目青紫，已经没了气息；他梦见“女英”披头散发，失去了往日活泼的情态，被军人捆绑起来，关在肮脏的牢笼里；他看到韩熙载和林仁肇浑身是血地躺在了家中，眼睛还直瞪瞪地望着天空；他看到小长老走进北宋的军队里，高傲地站在龙椅边上，可那坐在龙椅上俯瞰天下的人又是谁呢，他拼尽全力，却看不清晰；一回首，金陵满城都起了大火，百姓们流离失所，四向奔走而逃，一时里只剩下哀鸿遍野，留下一地荒芜的废墟……

或许是他的梦太长了。

或许是梦里的事让他太累了。

又或许是对梦中的人太过思念。

李煜就此长梦不醒，再也没有睁开那双重瞳的眼睛。

一杯酒醉不了人、解不了愁，却结束了李煜的生命，时年四十二岁。

宋太祖追封李煜为“吴王”，葬洛阳邙山。而江南人闻之，“皆巷哭为斋”。就在李煜死后不久，小周后自杀殉情，时年不过二十九，与姐姐大周后年岁相仿。

从此，世上再无李后主，再无素衣忧思凭栏悼念故国宫娥的君主词人了，只剩下一个清清淡淡的名字——李从嘉。

从嘉生在七月初七。

七夕，这个纤云弄巧、飞星传恨、情丝缠绵的日子，仿佛就注定了他这浮华却又纤弱的一生。上天给了他痛苦的眷顾，那一双出生在帝王之家的重瞳，那天赋的音律词曲的超凡才华，仿佛都注定了在政治上的无能为力和在词曲上的杰出成就。

史书记载李煜“生于深宫之中，长于妇人之手”“性宽恕，威令不素著”，好生戒杀，“性骄侈，好声色，又喜浮屠，为高谈，不恤政事”，纵然这个皇帝在史书上如此落魄无为，但在后世的文章词话中，他却是无数雅客骚人心中的词圣。

一曲《虞美人》葬送了一代伟大的词人，但也成就了李煜的传奇人生，每每念起“问君能有几多愁，恰是一江春水向东流”时，我们的脑海总会出现一位素衣飘飘的人间落拓客，形单影只地徘徊在月光如水的夜晚，眉头紧锁，眼神迷离，仿佛乘风可归去。院落晓寒侵衣，不胜露华浓，只愿有位佳人能为君添得一件薄衣。

下篇

我是人间惆怅客——纳兰容若的爱恨别愁

第一辑

诞生·谁怜辛苦东阳瘦

第一节　耀眼的贵族光环

临江仙·寒柳

飞絮飞花何处是，层冰积雪摧残，疏疏一树五更寒。爱他明月好，憔悴也相关。

最是繁丝摇落后，转教人忆春山，湔裙梦断续应难。西风多少恨，吹不散眉弯。

他曾出现在多少人清冷的梦中，少年凭窗而坐，半锁眉头，眼目低垂，绝世而独立。面容清秀得如同水墨勾勒而出，寥寥数笔，鼻上笔锋竖钩，颌边轻转。不沾染一丝的烟火气，让人不禁疑心，他绝非凡夫俗子，转世为人，也许只是为了来还前世的情债。

锦衣，玉佩，金钱鼠尾辫，虽然衣着打扮都透露出他不凡的出身，他的身上却没有一丝“肉食者鄙”的纨绔气息，犹如墨汁滴入清水，背景慢慢淡去，他的世界只剩下一卷书、一支笔、一砚墨、一盏茶。窗外疏疏一树，飞絮摇落，一缕茶香攀上枝头，梧桐叶染黄西风，风中一场大火，烧出了少年脚底的六颗痣，烈焰般红炙。

这个少年乳名冬郎，他就是后来被王国维以“北宋以来，一人而已”誉之的纳兰性德。

其实，北宋词跟纳兰词还是很难放在一起比较的，虽然纳兰也有豪迈之作，但相比苏轼的赤壁泛舟、黄山谷的快阁远眺，粗粗一读，纳兰词似乎不够洒脱睿智，淋漓泼墨。笔墨纠缠中，纳兰留给我们更多的，是他词中那些刻骨铭心的爱恨情仇。陈廷焯曾谓其《临江仙·寒柳》：“真可伯仲小山、颉颃永叔。”小山是北宋词人晏几道的号，小山词向来以哀感缠绵、清壮顿挫闻名；永叔是欧阳修之字，欧阳修之作以平易近人、清新平畅著称。陈廷焯将纳兰性德与这两人秉承，是很高的评价。

说纳兰词复归于北宋诗人的潇洒旷达，不若说纳兰词仍是承袭词的正宗——婉约一派而来。

蝶恋花

今古河山无定据，画角声中，牧马频来去。

满目荒凉谁可语？西风吹老丹枫树。

从前幽怨应无数，铁马金戈，青冢黄昏路。

一往情深深几许？深山夕照深秋雨。

哀而不伤，婉而有讽，纳兰词不流于那些庸脂俗粉，更不涉淫词艳语，却能家传户诵，读罢令人掩袖，自有其哀婉动人处。纳兰词中，有时情意缠绵，泪洒青衫，有时则透出一股子男儿的坚守与决绝。私以为，苏黄之词可学，而纳兰之词不可学，正犹如眼界之可学，而情绪之不可学，两者是一个道理。

在温文尔雅的外表下，纳兰家族的骨子里却流着女真族人豪迈放肆的血，在逐鹿中原、一统天下之前，女真族的族人们生活在白山黑水的森林地带，他们以渔猎、农耕、畜牧为生，散落在黑龙江、松花江流域和长白山一带。

女真部族在明朝初期分为建州女真、海西女真、野人女真三大部，清太祖努尔哈赤为建州女真族爱新觉罗部，而纳兰性德的先世则为海西女真族、曾经强盛一时的叶赫那拉部。明末，爱新觉罗氏灭叶赫部，叶赫子民归降于爱新觉罗氏。至此，叶赫那拉氏似乎已荣耀不再，但是纳兰性德的曾祖父，叶赫部贝勒金台什的亲妹妹——孟古，于明万历十六年（公元1588年）嫁努尔哈赤为妃，生下皇子皇太极。这为后来叶赫那拉氏的再度崛起奠定了基础。

明朝天启六年（公元1626年），七月中旬，努尔哈赤身患毒疽，七月二十三往清河汤泉疗养，八月初七，大渐，十一日，乘船顺太子河而下，病死于叆福陵隆恩门鸡堡，终年六十八岁。四贝勒皇太极随即继位后金可汗，改年号为天聪，史称“天聪汗”。公元1636年，皇太极于盛京即继帝位，改国号为“大清”，皇太极入主中原后，即发布诏谕，废诸申之号，建号满洲，自此女真之名废置，而满洲之名得以相传奕世。

清朝建立伊始，万象更新，欣欣向荣，作为清太宗皇太极母家的叶赫那拉氏，被划归到八旗中最尊贵的正黄旗中，成为清朝八大家族之首。此时，作为皇亲贵胄的八旗子弟，还未被锦衣玉食、温香玉软的生活所腐化，虽然打下了天下，但是“桦屋鱼衣柳作城”的狩猎部族后裔们，血液里仍流动着与生俱来的危机感。

清朝皇帝的勤政是出了名的，从做皇子开始，他们几乎每日寅时（相当于现在凌晨五点左右）便要起床，之后拉弓练剑，学习蒙古语、满语、汉文，之后便是读书。登基与亲政以后，他们也要把读书放在首位。

据说，康熙皇帝“无一日不读书，无一日不写字”。一人之下、万人之上的皇上尚且如此，为人臣者就更不用说了。不少有志朝臣与贵族子弟，满语与汉语皆通，骑射与诗赋俱佳，康熙时的著名权臣——纳兰明珠，便是其中的佼佼者。

“纳兰”此姓，是满语“那拉”的音译。据说纳兰明珠对满文与汉文都颇为精通，尤其对汉族的儒家经典、诗词歌赋颇感兴趣，书房中总是堆满了厚厚的各类书籍，在当时，纳兰明珠的勤奋好学也得到了许多同僚与上级的欣赏，其中就有显赫的内大臣遏必隆。

出身正黄旗的纳兰明珠，身份贵重自不用说，但他并没有安于世袭的爵位，和大部分八旗子弟一样每日歌舞升平，他的抱负是进入官场，辅助贤君大展宏图。纳兰明珠从小就习惯了宫廷中王公贵族们的尔虞我诈，入仕后，也凭借着自己的机智权谋在官场中左右逢源，加上内大臣遏必隆的提携，纳兰明珠一路平步青云，助康熙帝议撤三藩，统一台湾，抗御外侮；在官场中摸爬滚打几十年后，一步一步成为了位极人臣、权倾朝野的大学士。据史书记载，纳兰明珠官居内阁十三年，虽屡立功劳，但也凭借手中权势贪财纳贿、卖官鬻爵，并与另一重臣索额图互相倾轧，最终被参劾倒台，后虽官复原职却再不得重用，晚年郁郁而终。

但彼时，年轻的纳兰明珠还只是一个侍卫授銮仪卫治仪正，年轻的他迎娶了英亲王阿济格的五女觉罗氏，门当户对，男才女貌，两人相敬如宾，非常恩爱。婚后不久，觉罗氏便有了身孕，这令纳兰明珠欣喜非常。清顺治十一年（公元1654年）腊月十二，在这个寒冷的冬日，随着一声清亮的啼哭，觉罗氏顺利诞下一子，年仅二十岁的明珠荣升父亲，迎来了自己的第一个儿子，而这个孩子就是后来引领清词中兴，与阳羡派代表陈维崧、浙西派掌门朱彝尊鼎足而立，并称“清词三大家”的纳兰性德。此时襁褓中的他还没有正式取名，因为是冬日降生，纳兰明珠便给这孩子起了一个乳名，唤作冬郎。

许是冬日的积雪赋予了纳兰性德一尘不染的气质，许是料峭的寒意氤氲出他淡泊明远的性格，这个诞生于冬日的孩子，啼声响亮，眼珠宛若天降的寒星般炯炯有神，他好奇地打量着这个世界，迫不及待地想知道些什么。

第二节　小荷才露尖尖角

显赫的出身，嫡子的身份，冬郎从一出生开始，就注定了锦衣玉食、养尊处优的一生。纳兰性德曾在《渌水亭宴集诗序》中描绘过自家的府宅："予家象近，魅三天临尺五，墙依绣堞，云影周遭。门俯银塘，烟波晃漾。蛟潭雾尽，晴分太液池光，鹤渚秋清，翠写景山峰色。"不必走出家门，便可在自家府邸内玩赏亭台楼阁、小桥流水，其繁花似锦、金碧辉煌之程度着实令人咋舌。

生长在这样的大宅府邸中，虽不必像寒门子弟一般挨饿受冻、为生计发愁，但是侯门子弟自有他们的苦处。府中景色再精致清雅，毕竟不如大自然的鬼斧神工；举办的歌舞家宴再热闹，毕竟不如市井气息来得真实可爱；身着华服，自然要配之以一套套规矩；人在高位，也交不到几个推心置腹的友人。深门大院的朱墙内侧，是平民百姓可望而不可即的另一个世界，但谁又能明白，这些出身显贵的孩子们，其实内心无比向往高墙外无忧无虑、粗茶淡饭的简单生活。

幼年伊始，冬郎就被各种各样名目繁杂的繁文缛节约束着，每日起床，梳洗，由乳母带着去向额娘阿玛请安。在平常人家的孩子们刚刚学会在街头嬉笑打闹的年龄，小冬郎无忧无虑的童年已经宣告结束了。四五岁时，纳兰明珠就聘请了老师来府上教导冬郎。自此，每日读书写字、摔跤骑射都成了必修课，纳兰明珠视冬郎为整个家族的希望，对他的要求自然更是严苛。除了延续满族人尚武的传统，要求冬郎每日必须跟着师傅学习摔跤、骑马、练武之外，更是要求他熟读四书五经的儒家经典。

好在冬郎生性机敏，虽然学习的过程甚是辛苦，但他总能很快地完成老师的要求。不论是炎炎夏日抑或是寒冬腊月，每日的学习不曾废离，就这样，冬郎的武技不断提升，在汉文学习上更是突出。没过多久，冬郎就能将不少儒学名篇倒背如流，这令纳兰明珠很是欣慰。受儒家文化浸染的他为冬郎取名成德，《礼记·士冠礼》中有“弃尔幼志，顺尔成德”之句，纳兰明珠也是愿爱子能在德行上有所成就，成为一名真正的翩翩君子。后来在康熙十四年（公元1675年）为避太子保成讳，又改为性德。

时光荏苒，转眼已经是顺治十八年（公元1661年），纳兰性德已然七岁，而就在这一年的正月初七，顺治皇帝突然驾崩，与纳兰性德同年出生，此时实际年龄也只有七岁的三皇子玄烨践祚，年号康熙。康熙帝与纳兰性德在今后的人生路上，还会有不少的交集，这是后话，此处暂且按下不提。

以八岁虚龄坐上龙椅的玄烨，自然无力把控朝局，索尼、苏克萨哈、遏必隆、鳌拜四位辅政大臣虽然曾在先帝灵前盟誓，同心同德辅佐新帝，而私底下却是各怀心思，表面平静的朝局下暗潮汹涌。尤其是有“满洲第一勇士”之称的鳌拜，他自持军功，擅权自重，日益嚣张跋扈起来。另一方面，各路打着反清复明旗号的遗老遗少蠢蠢欲动，江南“奏销案”“哭庙案”等大案频现，清廷采取的高压政策更是激化了满汉民族矛盾，一时间，朝廷内忧外患不断。

而纳兰明珠此时还未发迹，人微言轻的他得以远离政治旋涡，保住暂时的宁静，年幼的纳兰性德身居深宅大院，跟随着启蒙老师丁腹松学习四书五经与八股文章。关于丁腹松其人，以及其受纳兰明珠之请，作为纳兰性德的启蒙老师之种种前因后果，在清代徐珂《清稗类钞》中有过比较详细的记载。

丁腹松，字木公，通州人，自幼嗜学，博古通今，但其性情古板，不善交际，三十余岁才举孝廉为官。纳兰明珠听闻其治学严谨，尤善解经，于是重金聘其为纳兰性德的家庭教师。丁腹松欣然答应，便在纳兰府中安定。不久，朝廷即将举办会试，丁腹松屡试不第，于是又辛苦准备着会试。纳兰明珠见状，便安慰丁腹松，告诉他府中有奴才安三者，对考场事务较为熟悉，可由他伺候丁腹松的考试事宜，丁腹松便答应下来。

直至考试当日，丁腹松与安三一同前往考场，路上见许多官员向他们作揖，他以为自己在纳兰府中做事，故多受人尊敬，便连忙向众人回礼。会试结束后某日，安三突然来告，说他已中榜，且言之凿凿，得意扬扬。岂料丁腹松闻之大怒，称科举之事乃是绝密，他一奴才何以得知。安三见状不对，连连后退，却不慎露出手中朱批的卷子。丁腹松抢来一看，原来是自己的作文，且上有朱批，果真写着自己的名次，他以为是安三誊抄伪装此卷，想以此讹诈自己，于是对其破口大骂，还到纳兰明珠面前禀告此事，要求他严惩安三，纳兰明珠则点头不语。

不久，朝廷发榜，丁腹松果然中榜，并且名次和安三那份卷子一模一样。他思来想去，而后恍然大悟，原来自己此次能中进士，是纳兰明珠与安三串通一气所为，这安三哪里是什么家奴，分明是会试主考官之一。这丁腹松一生最爱惜名节，出了这样的事，悲恸不已，连连叹息“吾一生名节扫地矣”，于是拒不受进士之名，且向纳兰明珠请辞。明珠虽再三挽留，他仍毅然离开，并且当面烧掉了纳兰明珠赐给他的金券，引得父子二人嗟叹不已。丁腹松后来隐居在城南军山一带，纳兰明珠一族失势之后，与其有关系者皆株连，唯有他一人幸免。此是后话。

通过这一段逸事，我们可以一窥当时科举中的种种弊端，也可以看出纳兰明珠比较复杂的性格，一方面，他身居高位，却能爱才惜才，谦恭屈己，礼贤下士；另一方面又在官场中一手遮天，玩弄权术，利用职权谋私。这样的纳兰明珠，与中进士而不受的名士丁腹松形成了鲜明的对比。

不可否认的是，丁先生的文人气节对纳兰性德的性格形成产生了非比寻常的影响，他对纳兰性德严格要求，授其君臣父子之道，而绝不教他官场上的倾轧伎俩。成人之后的纳兰性德，常常看不惯父亲结党营私、贪财纳贿的行径，甚至还以诗相劝。他的《饮水集》中收录了这样的一首五律：

拟古

乘险叹王阳，叱驭来王尊，委身置歧路，忠孝难并论。

有客赍黄金，误投关西门，凛然四知言，清白贻子孙。

诗中以王阳纯孝与王尊叱驭两个旧典，写出自己夹在忠与孝之间的困窘。“凛然四知言，清白贻子孙”，一向温文尔雅的纳兰性德，竟能写出如此直白激烈的诗句，其对父亲的不满可见一斑。

但即使天性高洁的纳兰性德与父亲有诸多矛盾，他始终没有忘记为人子者应尽的礼数。在丁腹松之外，对纳兰性德影响颇深的另一位恩师——徐乾学，曾讲到过这样一件逸事：

纳兰性德非常孝顺，父亲曾偶感风寒卧病在床，他日日在其左右侍奉，夜晚睡觉连衣带也不解开，直至面色憔悴、黝黑不已，父亲病好之后才恢复过来。

很难想象，本来白衣飘飘的俊逸公子，为了在父亲床前侍疾，竟致衣不解带、面色黝黑。但就这一件事，足可见纳兰性德的纯孝。

第三节　冷处偏佳，别有根芽

康熙十一年（公元1672年），十七岁的纳兰性德以“补诸生”的身份进入国子监读书学习。所谓国子监，便是中国隋代以后的中央官学，为中国古代教育体系中的最高学府。在清初，就算是贵族子弟，进入国子监成为一名贡生也不是一件容易的事。满蒙八旗的众多学子中，每届仅仅选拔出两名优秀贡生起送，此外国子监的考官们还要对选拔出来的优秀贡生进行层层考验，合格后方可入学。

进入国子监后，纳兰性德更加勤奋上进，笃实好学，在汉文与书法上的造诣更是在一众学生中颇为拔尖，很快就得到了时任国子监祭酒——徐元文的注意。徐元文曾赞纳兰性德“司马公长子，非常人也”。当时，纳兰明珠刚刚擢升兵部尚书不久，兵部尚书相当于古时的大司马之职位，因而徐元文以司马公之子称呼纳兰性德。但是，这句赞赏并没有阿谀纳兰明珠的成分，因为徐元文一向以刚直不阿、督学严格、不畏权贵而得名，能得到徐祭酒的赞赏并不是一件容易的事。再者说，国子监里亦有许多家世更加显赫之人，假如徐元文真的想攀附权贵，不会只对纳兰性德一人另眼相看，而对其他学生不苟言笑，异常严苛。数月之后，徐元文便鼓励纳兰性德参加顺天府的乡试，果不其然，纳兰性德顺利地通过了武试与文试，得中举人。

此后，徐元文又将纳兰性德引荐给自己的兄长，同为“昆山三徐”的徐乾学。徐乾学学识渊博，家中藏书颇丰，有藏书阁名“传是楼”，甚有名气，更以慧眼识英才为时人所称道。据说，当时不少学子为得到徐乾学的青睐，争相在其居住的绳匠胡同旁租房居住，大声朗诵经书以求得注意，竟使得绳匠胡同的房租一时居高不下。

但是，不同于纳兰性德的启蒙恩师丁腹松，徐乾学的性格更为复杂。康熙九年（公元1670年），徐乾学在殿试中考取了进士第三名，授编修，后官至左都御史、刑部尚书，但他屡次介入朝廷朋党之争，立场不定，树敌众多，更因晚年受贪渎包庇之罪的弹劾而遭人诟病。

但是抛开人品上的争议不谈，单从治学上来说，徐乾学无疑对纳兰性德影响颇深，两人的师生情谊也非常深厚。据《清史稿·性德传》记载：

“性德乡试出徐乾学门。与从擘讨学术，尝裒刻宋、元人说经诸书，书为之序，以自撰礼记陈氏集说补正附焉，合为通志堂经解。”

可以看出，纳兰性德拜师之后，直到入宫任侍卫一职之前，他每逢三六九日骑马至徐宅，听老师讲论经史，往往天刚蒙蒙亮时出发，直到夕阳晚照时方才离去。他跟着徐先生学习了不少的宋元经书，并在经典考据上花了不少的心思。他曾在著述中说过，“前代的书籍流传至今，只保存下来了十分之一，太可惜了，我曾经大量地购买古书，也得到了一些。但是那些雕版毁坏得都十分严重，有的很难辨认了，手抄本更是错误百出”。经过这位理学大儒几年时间的调教，纳兰性德对汉族的传统文化有了更加深入的了解。并且在徐乾学的支持与帮助下，纳兰性德出资四十万两银子，四处搜罗书籍，吸引了许多志趣相投的汉族文人共同出力，编纂出著名的《通志堂经解》。这部丛书一经面世，更是让纳兰性德才名远播，名重于世。

闲暇之时，纳兰性德也会读一些圣贤书之外的杂家著作，从佛老之学至传奇小道无不涉猎。尤其是那些哀婉缠绵、曲折动人的词作，更是轻易就俘获了纳兰性德柔软的内心，令他读罢心思摇曳，泪眼婆娑。

在众多词家中，纳兰性德最推崇的便是南唐后主李煜，他曾直言："花间词如古玉器，贵重而不适用；宋词适用而少贵重。李后主兼而有之，更饶烟水迷离之致。"正是这份烟水迷离，影响了纳兰性德此后一生的创作。

试想七百多年前，李后主乃一国之君，过着歌舞升平、钟鸣鼎食的日子，直至王朝倾覆，肉坦出降，沦为北宋的阶下之囚，吟唱出大量感人至深的悲情之作；而七百多年后，纳兰性德乃是权相之子，自幼锦衣玉食，朱轮华毂，前途一片光明，直至丧妻之后，词风大变，凄楚惆怅。李煜与纳兰性德，同样经历了被撕碎的人生幻梦，同样看透了世间的浮华本相，因此在词风上颇为相似，只是李煜之词悲戚中饱含绝望，而纳兰之词哀婉中透出闲适。两人虽隔数百年，但纳兰性德视李煜为故交，后世学者也围绕着二人词风之异同争论不休，此处暂且不提。

第四节　开张天岸马，俊逸人中龙

自隋朝大业三年（公元607年）始实行的科举选官制度，到了清代已臻完备。清代士人在应科举以求功名的路上，要经过考取生员、考取举人和考取进士这三个步骤。在这一过程中，要经过多次考试。确言之，清代各种科举考试可以归为生员考试、举人考试和进士考试这三个系列。

因此，在乡试中举之后，纳兰性德还要参加接下来的会试与殿试。其实像纳兰性德这样的八旗子弟，多是依靠祖辈荫封，很少通过科举这条路出仕做官的。满洲人是在马背上夺取的天下，规定满洲子弟一律要自幼习满语、练习骑射，以防止满人汉化。清初更一度有诏令，叫停清廷贵族学习汉文，参加科举。所幸，纳兰性德正好赶上了形势较为宽松的时期，得以进入顺天府学。

会试一般都是乡试后的第二年春天在礼部举行，取中者称“贡士”，第一名称“会元”。殿试则由皇帝亲自主持，只有贡士才有资格参加，分“三甲”录取，一甲三名赐进士及第，第一名称“状元”，第二名称“榜眼”，第三名称“探花”，会称“三状甲”。二甲赐进士出身，第一名称“传胪”。三甲赐同进士出身。顺利考中举人之后，纳兰性德就一门心思准备着次年的春闱。

此时的纳兰明珠已官至兵部尚书，深沐圣恩。他对长子纳兰性德亦给予厚望，希望性德顺利通过会试与殿试，并以此为契机，踏上仕途。纳兰明珠自信，以纳兰性德的武功才学，必定不会令他失望。但是在明珠的内心，也不免有一丝担忧，他了解自己的儿子，待人真诚、不擅权谋，如若踏入官场，伴君左右，很容易因为性情直纯而身涉险境。

阊阖春风起，蓬莱雪水消。冬去春来，终于到了三年一度的会试，纳兰性德带着父亲与老师的期许，踌躇满志地步入了考场。就算是格式死板的八股文，纳兰性德也能凭借他丰富的学识，旁征博引，写得饶有新意、字字珠玑。毫无疑问，纳兰性德顺利中举。

就在纳兰性德正为接下来的最后一关——殿试做准备的

时候，一件意想不到的事情发生了。就在殿试前不久，纳兰性德突发寒疾，初时只以为是偶感风寒，谁也没有在意。可谁料到，只是几日的工夫，病情就急转直下，纳兰性德竟然虚弱到卧床不起，以至无法参加殿试。这令本就病重的他更加一筹莫展。

转眼就到了放榜之日，同期的贡生韩菼得中状元，王鸿续得榜眼，老师的弟弟徐秉义中探花。外面是及第的进士们“春风得意马蹄疾，一日看尽长安花”的喧闹，而病榻上的纳兰性德只有满怀的抑郁。任金窗玉枕，在纳兰性德眼中也只剩下满目萧索，原来“沉舟侧畔千帆过，病树前头万木春”竟是这样的一种心境。

带着满心的苦闷，以及辜负父亲与老师期望的愧疚，纳兰性德以病弱之躯，作了一首《幸举礼闱以病未与廷试》：

晓榻茶烟揽鬓丝，万春园里误春期。

谁知江上题名日，虚拟兰成射策时。

紫陌无游非隔面，玉阶有梦镇愁眉。

漳滨强对新红杏，一夜东风感旧知。

父亲明珠虽然不免有些失望，却也不忍苛责儿子，只是慈爱地安慰着心灰意冷的纳兰性德，“吾子年少，其少俟之”。老师徐乾学也常常亲往探望，送上樱桃。辽、金旧俗有“荐新”“献时新”之举，即朝中贵胄相互赠送当季的果物，而樱桃一直被视为果中之珍，因此在炎炎夏日，常被作为礼物相互馈赠。据说纳兰性德为感谢老师的关怀，还特意作了一首诗来宽慰恩师。

临江仙·谢饷樱桃

绿叶成阴春尽也，守宫偏护星星。

留将颜色慰多情，分明千点泪，贮作玉壶冰。

独卧文园方病渴，强拈红豆酬卿。

感卿珍重报流莺，惜花须自爱，休只为花疼。

“感卿珍重报流莺，惜花须自爱，休只为花疼。”纳兰性德强打精神，故作幽默地以一首情诗来打趣，希望老师不要为自己的病情伤神，不必对错过殿试之事过于惋惜，还是要保重身体。

然而，一直以来，对于这首《临江仙·谢饷樱桃》的主题，还有另外一种看法。说此词是纳兰性德在卧病之时写给表妹的。不少野史中，都记载过纳兰性德曾有一个青梅竹马的表妹，可惜后来选秀入宫，自此与纳兰性德再无共结连理的机会，遗憾终身。众所周知的是无名氏《赁庑剩笔》中的记载：“纳兰容若眷一女，绝色也，有婚姻之约。旋此女入宫，顿成陌路。容若愁思郁结，誓必一见，了此夙因。会遭国丧，喇嘛每日应入宫唪经，容若贿通喇嘛，披袈裟，居然入宫，果得彼妹一见。而宫禁森严，竟不能通一语，怅然而出。终郁郁而死。”

现代女作家苏雪林谈《饮水词》时就曾写道：“恋人赠

容若以内府樱桃，在容若看来，那颗颗红樱，不啻是她红泪。‘惜花’两句是容若慰嘱她的话，容若常以花自比，而将恋人比为惜花的人，故有‘休说生生花里住，惜花人去花无主’之语。这想是两人爱情间的隐语。”

纳兰性德的词多以平白动人，而此词则可以算是句句有典。就单说首句“绿叶成阴春尽也，守宫偏护星星”，唐代诗人杜牧的《叹花》诗中有“自恨寻芳到已迟。往年曾见未开时。如今风摆花狼藉，绿叶成阴子满枝”之句，据计有功《唐诗纪事》载：“杜佐宣城幕，得垂髫者十余岁，后十四年，牧刺湖州，其以嫁人生子矣。乃恨为石云云。”所谓“绿叶成阴子满枝”，就是在说昔日故人已然嫁作人妇，生有子嗣了。

因而纳兰性德的这一句“绿叶成阴春尽也”，常被有心人认为是在以杜樊川之旧典来暗喻表妹被选入宫之事。

而“守宫”一句更为明显。守宫砂，在晋张华《博物志》中有这么一段解释：“蜥蜴以器养之，食以氨砂，体尽赤。所食满七斤，捣以万杵，以点女人支体，终身不灭。偶则落，故曰守宫。”

相传，古时常用朱砂喂养壁虎，俟其吃满七斤，全身变为朱红后，将壁虎放入罐中，以杵捣烂，便成守宫砂。将其点染于处女的芊芊玉臂上，颜色鲜红。只有在发生房事后，其颜色才会变淡消退，一些朝代便为选进宫的女子点上守宫砂，以防秽乱宫禁之事。这与纳兰性德的表妹被选入宫禁之传言，颇有暗合之处。

这样想来，“感卿珍重报流莺，惜花须自爱，休只为花疼”之句，也就更多了一分哀婉缱绻的情谊在其中了。

第二辑

情劫·一朵芙蓉着秋雨

第一节　情窦初开为谁人

科考落榜可以期待下一次重新开始，佳人离殇则是万般不能化解。纳兰性德年轻英俊，气度不凡，自然有不少大家闺秀投之以琼瑶，而坊间却传说着他与“表妹”之间的逸事。

这位据说是纳兰性德初恋的“表妹”是否真的确有其人，历来众说纷纭。

有人说，她自幼与纳兰性德一同读书，每日填诗作对，青梅竹马，两小无猜。更有甚者，认为《石头记》中的贾宝玉与林黛玉，便是以纳兰性德跟他的这位初恋表妹为原型的。因为曹雪芹的祖父曹寅与纳兰性德甚是交好，连乾隆帝看过

《石头记》后，也说“此乃明珠家事也”。

关于这一点，《赁庑剩笔》中也做了比较详细的比较：“书中林黛玉之称潇湘妃子，乃系事实。否则黛玉未嫁，而诗社遽以妃子题名，以作者心思之周密，不应疏忽乃尔。其第一百十六回宝玉重游幻境，即指披袈裟冒充喇嘛事。又容若《侧帽词》减兰六阕，与此一一吻合，第三阕即指入宫事。词云：‘相逢不语，一朵芙蓉著秋雨，小晕红潮，斜溜环心双翠翘。待将低唤，直为痴情恐人见，欲诉幽怀，转过回阑叩玉钗。’以此引证，妃子之说，尤为有力。”

持反对意见的人也很多。因为以常理来讲，以纳兰家的家室，假若真有一位这样的表妹被选入宫中，那么又怎么可能连半点名分都没有留下呢。不少有心人据《清史稿·列传一·后妃》所载，“其卒于康熙中及虽下逮雍正、乾隆而未尊封者，又有：温僖贵妃，钮祜禄氏，孝昭皇后妹。子一，允？女一，殇。惠妃，纳喇氏。子二：承庆，殇；允禔”，认为“惠妃”便是纳兰性德的那位表妹，然而，据考证，这位惠妃为郎中索尔和之女，即纳兰性德的姑姑，而非表妹。

最重要的一点，关于“表妹之说”，最早的记载时间是在光绪末年，《南亭笔记》中，李伯元援引《赁庑剩笔》中的说法。这时，据纳兰性德生活的康熙时代已经有二百余年了。这使得“表妹之说”更显得穿凿附会，子虚乌有。

现在的我们，也只能在纳兰性德的词中去寻找一些蛛丝马迹了。

画堂春

一生一代一双人，争教两处销魂？

相思相望不相亲，天为谁春。

浆向蓝桥易乞，药成碧海难奔。

若容相访饮牛津，相对忘贫。

不少人认为，这首《画堂春》为悼亡之作。

然而，试看词中所引的“浆向蓝桥易丐，药成碧海难奔”两个典故。“浆向蓝桥易丐”指的是唐代裴铏《传奇·裴航》中裴航遇仙的故事。唐长庆年间，落第秀才裴航游于鄂渚，路过蓝桥驿，遇见一织麻老妪，航渴甚求饮，老妪呼女子云英捧一瓯水浆饮之，甘如玉液。航见云英姿容绝世，十分喜欢，欲娶云英为妻，老妪有言在先，必以玉杵臼为聘。后裴航找到月宫中玉兔用的玉杵臼，奉予老妪，遂与云英结为连理。婚后两人入云峰洞成仙。而“药成碧海难奔”，则是化用了嫦娥奔月的传说，“嫦娥应悔偷灵药，碧海青天夜夜心”。这样的两个典故，不像是在悼念生死相隔的亡妻，倒更像是写给两处分隔、无法相守的旧爱。相思相忘，却无法相亲，这又是为何呢？

最后一句“若容相访饮牛津，相对忘贫”，这句中化用了牛郎织女的典故，要是能与心爱的人相守，那他宁愿生在穷困之家，两人执手相对，就能将清苦化为甜蜜了。换言之，就是说两人无法相守，很可能是因为出身侯门贵胄的原因。

这样看来，或许所谓的“表妹”之说，虽然可能不尽可信，但也许是有原型的吧。只可惜，纳兰性德这位蒙太奇的“初恋”到底姓甚名谁，两人最终又缘何不能结成伉俪，这一切的真相，都埋藏在厚厚的历史尘埃之下了。

木兰词·拟古决绝词柬友

人生若只如初见，何事秋风悲画扇。

等闲变却故人心，却道故人心易变。

骊山语罢清宵半，泪雨零铃终不怨。

何如薄幸锦衣郎，比翼连枝当日愿。

“人生若只如初见，何事秋风悲画扇。”多少坠落情网的小男小女，都曾以纳兰容若的词句互诉相思。多少耳畔低喃中，纳兰的情话被千百次地用来倾诉那浓得化不开的思念。然而耳鬓厮磨后，又有多少轰轰烈烈能经得起岁月变迁、沧海桑田。

第二节　小轩窗，正梳妆

不知是因为科考的失意，还是初恋的遗憾，寒疾痊愈后，整整两年时间，纳兰性德一心扑在《通志堂经解》的编纂上，心无旁骛。

随着儿子年岁增长，此时身任兵部尚书的纳兰明珠开始为纳兰性德的婚事考量了。其实，早在纳兰性德十二岁时，明珠就已经为他定下了婚约，对象是时任两广总督卢兴祖的女儿。卢兴祖乃汉军镶白旗人，康熙四年（公元1665年），在苏克萨哈的提携下升任两广总督，也算是叱咤一方的人物。纳兰明珠之所以选择卢兴祖作为亲家，自然是经过一番考量，希望通过儿女联姻，与他形成在政治上的联盟。谁料，婚约定下仅仅一年多的光景，朝堂形势剧变，苏克萨哈倒台。卢兴祖无奈之下，只得以自身能力不足请辞以保全自身，带着家眷回到了京城。卢家小姐也随父亲回到了京城。不久，卢兴祖病故，但是这门婚约还在。纳兰明珠与夫人索罗氏商议之后，决定早日为儿子完婚，迎娶那位“贞气天情，恭容礼典”的卢家小姐。

这一厢，纳兰性德明白，父母之命不可违，尤其是出身侯门的自己。年少时，他也曾梦想过，携爱人之手，私奔天涯，去过神仙眷侣一般的日子，然而，是梦，终会醒来。心如死灰的他也不愿再去执拗，但凭父母安排就是。在父母面前，纳兰性德以他一贯的恭恭敬敬，应承下了这门亲事。

康熙十三年（公元1674年），卢氏进门。她成为第一个真正走进纳兰性德生命里的女人。

那天，纳兰府张灯结彩，好不热闹。噼里啪啦的鞭炮声中夹杂着欢庆的唢呐鼓乐，跨过火盆，新娘卢氏缓缓走下大红花轿。拜过天地，酒席酣畅。纳兰明珠与觉罗氏身着吉服，满脸笑意地向宾客们举杯示意，纳兰性德虽然脸上挂着笑，可内心满是郁郁。他知道，自己即将跟一个陌生女子结成夫妻，即便没有半点感情，也须要同寝同住，终此一生。如若不是她，那么不论那个人是别的谁，又有什么要紧呢？

洞房之中，卢氏静静地坐在床边，紧紧攥着手中寓意平平安安的苹果。今日出阁，嫁作人妇，假如父亲在天有灵，也会感到宽慰的吧。

卢氏的心里除了喜悦，也有着一些担忧。虽说她早就听说过纳兰性德的才名，但是毕竟只有过几年前定亲时匆匆的一瞥，如今记忆早已模糊。不知道他是跟传言一样是个谦谦君子，还是仅仅依靠父亲的权势而得名的纨绔子弟。

床前的灯台，点着一双大红鎏金的龙凤喜蜡，烛火摇曳着墙上的大红双喜字。一床双龙团风的苏绣金丝绸面被，四角撒着红枣、花生、桂圆、莲子，当中还摆着一支如意。

时间一分一秒地过去，卢氏听得外面的酒席渐渐散了，心里又是期待，又是羞涩。又过了一会儿，卢氏听到了推门声，伴着脚步声越来越近，终于，纳兰性德走到了卢氏身边，用一根秤杆掀开了新娘的红盖头。只见她明眸皓齿，两颊泛着红晕，一身吉服花团锦簇，凤冠霞帔熠熠发光，更衬得肌白如雪，发丝如墨。面对如此如花美眷，常人一定会喜不自禁，但在心如死灰的纳兰性德眼里，美丽的妻子又与这房中的摆设有何区别呢。夜已阑珊，沉浸在新婚喜悦中的卢氏还不知道，枕边人身在，心却已空。

婚后半年，纳兰性德对卢氏一直是相敬如宾，两人也一直没有生养。这让纳兰明珠与觉罗氏万分心焦，又为纳兰性德纳了一房小妾——颜氏。纳兰性德深知，自己拗不过父母，也就同意了。颜氏进门不久就有喜了，这让纳兰明珠与夫人觉罗氏欣喜万分。一年后，颜氏生下一个儿子，取名为富格。颜氏为纳兰家添了孙儿，作为正室的卢氏非但没有嫉妒她，反而处处礼让，对富格更是百般慈爱，她的大气宽容深受公婆欣赏，纳兰性德自然也看在眼中。我们很难用今天的婚恋观去评判古人，毕竟，在那个年代，哪个皇亲贵胄没有三妻四妾，恭谨礼让四个字，才是那时公认的贤妇之道。

冰雪聪明的卢氏在与纳兰性德的相处中，很快就发现丈夫既有词才，又是一个表里如一的真君子。她一面暗自庆幸，自己终身有依，一面又苦恼不已，因为她早就看出，成日躲在书房的丈夫，虽然对颜氏也是不冷不热，但心更不在自己身上。

温柔贤惠的她虽然心中苦闷，却从来不说，只是每日早早地去书房，帮纳兰性德准备好笔墨纸砚，摆上洗好的时令瓜果。卢氏并非寻常大户人家的庸脂俗粉，她自幼养在深闺，知书达理，举手投足间都透出温婉娴静的气息。

嫁入纳兰府后，卢氏每日挽袖剪花枝，洗手做羹汤，将纳兰性德的起居照顾得无微不至。纳兰性德冰冷的心，就这样，一天天被妻子的善良与温柔所融化。

据说某日大雨，纳兰性德在书房看书，却久久不见卢氏，四处遍寻不着，突见卢氏在后院撑着两把伞，一把遮着自己，而另一把则遮着刚开好的荷花。如此妙人，怎能不让纳兰性德动心呢。

艳歌·四首

红烛迎人翠袖垂，相逢常在二更时。

情深不向横陈尽，见面消魂去后思。

欢尽三更短梦休，一宵才得半风流。

霜浓月落开帘去，暗触玎玲碧玉钩。

细语回延似属丝，月明书院可相思。

墙头无限新开桂，不为儿家折一枝。

洛神风格丽娟肌，不是卢郎年少时。

无限深情为郎尽，一身才易数篇诗。

日子久了，两人的房中常常传出欢声笑语。“忆得双文胧月下，小楼前后捉迷藏”。纳兰性德在书房读书练字，卢氏就陪在他的身边，静静地看着，眼角眉梢全是爱意。情到浓时，两人日日形影不离，相视而笑，莫逆于心。“春葱背痒不禁爬，十指掺掺剥嫩芽”，连搔背这样的小事也成了闺房之乐。

很快，据上次因寒疾错过殿试已然三年，康熙十五年（公元1676年），又是一个殿试之年，纳兰性德得到了补殿试的机会，这一次，他绝对不会再错过机会了。经过三年的准备，纳兰性德的才学比之当日更胜一筹。在大殿上，他第一次见到了与自己同岁的康熙帝，康熙也早就听到过纳兰明珠之子纳兰性德的才名，有意要试他一试。在金碧辉煌的大殿中，纳兰性德书法笔走龙蛇，清俊潇洒，文章引经据典，切中要害，一篇时务策博得康熙的青睐，夺得了进士二甲第七名："叙事析理，谙熟出老宿上，结字端劲，合古法，诸公嗟叹，天子用嘉。"

纳兰明珠闻讯，亲向皇上谢恩。卢氏喜不自胜，纳兰性德更是沉浸在金榜题名、光耀门楣的狂喜中。虽然康熙帝并没有立刻赐官，但纳兰性德知道，那一天不会远了。而这一年，纳兰家也可以说是双喜临门，因为没过多久，卢氏就发现自己有了身孕，得知喜讯的纳兰性德更是对夫人百般疼爱，"偏是玉人怜雪藕，为他心里一丝丝"，这段时光，也许是纳兰性德短暂的一生中，最美好的一段岁月了吧。

第三节　惊节序，叹沉浮，秾华如梦水东流

时光的罅隙里，温柔幸福的细节犹如枝叶中透出的点点星光，惬意舒适。在等待朝廷发榜的日子里，纳兰性德对未来寄予了无限欢喜，他还年轻，华丽的羽翼才刚刚萌发，前方是坦坦荡荡的仕途，身后是娴静脱俗的妻子，还有那未曾谋面的孩子，都像一颗颗甘甜的樱桃般，令他心神荡漾，喜不自胜。

他满心以为，皇上会依照惯例，将自己选为庶吉士，并派往翰林院观政。可是圣心难测，经过了半年的漫长等待，纳兰性德被皇上召入宫中面

圣，他等来的官职竟是一个三等御前侍卫。其实御前侍卫一直是个美差，得选御前侍卫，每日侍驾，就是得到了皇上完全的信任，是整个家族的荣宠。

而日日伴君左右，假若能得到皇上的欣赏，那么高官厚禄可以说是唾手可得，因此，御前侍卫一职可以说是贵族子弟将来出人头地的跳板。康熙帝之所以封纳兰性德为御前侍卫，除了对他的才名有所钦慕，想将他留在身边之外，应该也有向纳兰明珠示恩的意思。

可是纳兰性德对这个差事并不满意，他虽然自幼习武，但并非爱好舞枪弄棒之徒。他多年辛辛苦苦埋头苦读，考取功名，也是为了进朝为官，处理政事，以自己的能力干一番事业。可如今，做一个每日站岗、防卫宫禁的侍卫，他又如何去发挥满腹的才华呢？虽然心里满是愤愤，可毕竟皇恩难却，圣命难违，纳兰性德还是压抑住了自己的不情愿，不动声色地接旨谢恩了。

所幸，回到家中，还有懂他知他的娇妻能一慰胸怀。只有与卢氏在一起，纳兰性德才能有半刻的放松，忘却仕途上的郁郁不得志。如同离群的孤雁遇到了同伴，漫漫南行路上，虽然时有逆风，斜雨打湿翅膀，但是看着身边那个坚定又温柔的身影，飞得高高低低，却又不离不弃，这一切困苦也都成了上天的恩赐。

纳兰性德无事就会遣词以抒怀，卢氏虽然素来不工诗词，却总是能明白，纳兰性德词中某些字眼透出的些微细腻的情绪。每当纳兰性德心烦意乱之时，卢氏也总会变着法子地哄他开心。这一切都让纳兰性德时常暗自庆幸，得妻如此，夫复何求。

每每想到，怀着身孕的娇妻每日都在廊下静静地等待他下值归家，纳兰性德苦闷的心里就流过一阵淙淙的暖流。假如，纳兰性德就这么永远地幸福下去，也许世上就会少一些离愁别殇的词句，而多一对白头偕老的璧人。

可惜，上天就是这么不公平。十月怀胎的卢氏，在临盆的时刻，居然难产了。紧张的纳兰性德在房间外焦急地踱着步，听着屋内的娇妻痛苦地呻吟，看着忙乱的稳婆跟丫鬟，那进进出出的铜盆中，都盛满了被鲜血染红的水，纳兰性德不禁心如刀绞。

时间一分一秒地过去，随着一声清亮的啼哭，孩子终于生了下来，可是卢氏却因为失血过多晕了过去。虽然遍访名医，可卢氏还是因为产后风，在缠绵病榻了一个月之后便香消玉殒了。

这一个月里，纳兰性德几乎天天都陪在娇妻的床前，而卢氏大部分时间都在昏睡，偶尔有意识清醒的时刻，也显得筋疲力尽，连说话都很费力。纳兰性德除了默默地流泪，别无他法。在卢氏弥留的这段时间，他们给儿子取名为海亮。听着儿子的啼哭声，再看着原本美艳动人的娇妻此刻的憔悴，纳兰性德的心都碎了片。

蝶恋花

辛苦最怜天上月，一夕如环。

夕夕都成玦，若似月轮终皎洁，不辞冰雪为卿热。

无那尘缘容易绝，燕子依然。

软踏帘钩说，唱罢秋坟愁未歇，春丛认取双栖蝶。

到底，卢氏仍是去了。那原本情意绵绵的明月已然不再，只剩下残雪印月轮，那原本温柔的微风细雨瞬间化作烈烈大风撩云天。心如死灰的纳兰性德，日日将自己囚在书房中。旧时，这里是他们夫妻诗画风流、晴日剪窗的妙处，而现在，子期不再，只剩伯牙对琴独垂泪。卢氏死后，被厚葬在位于北京郊区的玉河皂荚屯的纳兰家祖茔中。

青衫湿遍·悼亡

青衫湿遍，凭伊慰我，忍便相忘。半月前头扶病，剪刀声、犹在银釭。忆生来、小胆怯空房。到而今，独伴梨花影，冷冥冥、尽意凄凉。愿指魂兮识路，教寻梦也回廊。咫尺玉钩斜路，一般消受，蔓草残阳。判把长眠滴醒，和清泪、搅入椒浆。怕幽泉、还为我神伤。道书生薄命宜将息，再休耽、怨粉愁香。料得重圆密誓，难禁寸裂柔肠。

后来，周之琦在《怀梦词》中也使用了“青衫湿遍”这个词牌，并题注道：“道光乙丑余有骑省之戚，偶效纳兰容若为此，虽非宋贤遗谱，其音节有可述者。”

由此看来，“青衫湿遍”应该是纳兰性德自创的词牌。可想而知，痛失爱妻之根，搜遍宋元词谱，也无有可表者。

纳兰性德这首词，真是字字有血，句句沾泪。

最令人动容的，也许就是那句“忆生来、小胆怯空房。到而今，独伴梨花影，冷冥冥、尽意凄凉”，爱妻生前就怕黑，不敢一个人睡，总是希望有纳兰性德陪伴在身旁才能安心。而现在，她一个人长眠于黑暗的地下，荒郊野外，夜深露重之时，只有一株冷清的梨花相伴，又是何等的孤单凄凉呢。纳兰性德万念俱灰，都说书生薄命，便只盼望自己也能快点随爱妻去。

这余生，再无半点欢愉，只愿自己死后能在黄泉路上再与爱妻相逢，再一起吟诗听雨，填词落棋。

痛失爱妻之后，纳兰性德词风陡转，“悼亡之吟不少，知己之恨尤深”，那个温文尔雅的贵公子，一夜之间便憔悴了下去。自此，心境转变，纳兰性德开始在佛经中寻求片刻的安慰。

第四节　卿自早醒，侬自梦

和友人饮酒

我生如飞蓬，飘然落无际。

太虚浩漠漠，生理偶然契。

纳兰性德与佛学的渊源可以追溯到幼年时来自母亲的影响。母亲觉罗氏全心礼佛，十分虔诚，每天晨起都会焚香诵经，时不时还会带着纳兰性德前往家庙。后来的启蒙恩师丁腹松虽为儒学大家，但对佛老之学也甚有研究。在他的谆谆教导下，纳兰性德开始进一步接触佛学。只不过当时，年少的纳兰性德一门心思都放在治世的儒学之上，虽然对佛道之学都有所涉猎，但尚不能真正体味其中妙处。

直到卢氏猝然长逝，往昔的欢愉片刻就灰飞烟灭，这浮生，真若一梦。芸芸众生，各有所苦，纳兰性德深感，人世事，释典无不言之。这一切都犹如《法华经》中所言："三界无安，犹如火宅，众苦充满，甚可怖畏。常有生老病死忧患，如是等火，炽然不息。"卢氏的离世，或许对她来说也是一种解脱。她得以忘却人世间的执着，往生极乐。只有这样想，纳兰性德才能感受到一丝的慰藉，不至于日日黯然神伤，哀毁骨立。

有了这些年积累的生活阅历与文学素养，纳兰性德在研读佛经的过程中，渐渐地感知到了佛教文化的博大精深，他看的佛典越多，这种感受便越强烈。

纳兰性德先后为自己取字"容若"，取号"楞伽山人"。其实这两个名字，都来源于佛典。

先说"楞伽山人"之号。"楞伽山"是佛经中提到的一座山名，"楞伽"两字在梵语中有"珍宝"和"难以进入"两种意思。据《楞伽经》记载，楞伽山位于古狮子国，在今天的斯里兰卡境内。据说，当年佛祖释迦牟尼就是在此山上传授大乘经典《楞伽经》的。

《楞伽经》全称《楞伽阿跋多罗宝经》，其中的"阿跋多罗"一般来说有两种解释。一种说法是，"阿"即"无"，"跋多罗"即"上"，"阿跋多罗宝经"就是"无上宝经”。而另外一种说法认为，“阿跋多罗”是进入的意思，“楞伽阿跋多罗宝经”是“进入楞伽山的宝经”，将这个说法与“楞伽”两字的梵语意思结合起来，倒也说得通了。纳兰性德之所以取号“楞伽山人”，意思也非常明显。他将自己比作当年在楞伽山上听佛祖释迦牟尼讲经的弟子，愿一心向佛，谨聆教诲。

再讲“容若”两字，很容易让我们联想到佛教中的“容有释”与“般若”。“容有释”是指在解释经论时，除正义外，也容认傍义，又称为容有之说、容有之释。“般若”是指修习位所修的十种胜行之一。

般若共有三种：一是“生空无分别慧”，就是了达人空，而不起人我见的智慧。二是“法空无分别慧”，就是了达法空，而不起法我见的智慧。三是“俱空无分别慧”，就是了达人、法俱空，而不起人、法二种我见的智慧。

纳兰性德之所以为自己取字“容若”，也许是因为他从佛偈中领悟了宽仁的大智慧。的确，虽然崇尚佛教，但纳兰性德从不偏激，从不以僧贵而儒轻，或僧贵而道轻。他曾写道“三教中皆有义理，皆有实用，皆有人物”，其实只要是引人向善，那么佛、道、儒也是本同而末异的。正所谓，以儒治国，而以佛治心。读佛经，是为了心灵的平静，而非以个人的好恶去评判别人。

在所有的佛经中，纳兰性德最常提及的便是《楞严经》，他曾写道：“释典多言六道，唯《楞严》合神仙而言七趣。”所谓“六道”，是指地狱、饿鬼、畜生、阿修罗、人、天等六种众生。

而七趣，是指地狱趣、饿鬼趣、畜生趣、人趣、神仙趣、天趣、阿修罗趣。这里的“趣”是趣向的意思。这样看来，纳兰性德之所以特别钟爱《楞严经》，是因为《楞严经》不同于其他佛典，加上了“神仙”，即是源自中国古代的神秘思想。“《楞严》所言十种仙，唯坚固变化是西域外道。余九种，东土皆有之。”又曰：“《楞严》所谓坚固动止而不休息，即华佗之五禽戏法。庄子所谓熊经鸟伸也。”

也就是说，《楞严经》可以说是融合了西域佛教思想、上古山岳信仰，甚至中医等中国传统民族智慧的精华，以及某些道教信仰的成分在其中的集大成者。在纳兰性德看来，这是非常难能可贵的。

顺治及康熙年间，佛学一度盛行，顺治帝就曾召多位高僧进宫说法，但是朝廷上对于私立庵院及私度僧尼管束得还是比较严格，文人圈中时不时也会出现反对学佛学道的潮流。博览佛学典籍后的纳兰性德，也时不时用自己的声音为佛学正名。

“儒道在汉为谶纬所杂，在宋为二氏所杂。杂谶纬者粗而易破，杂二氏者细而难知。苟不深穷二氏之说，则昔人所杂者，必受其瞒，开口被笑。”佛学不等于迷信，没有真正地了解过佛学的博大精深，又怎么有资格去批评它呢。只有那些只知皮毛、断章取义之人才会一叶障目，大放厥词。

就这样，纳兰性德希望伴着古佛青灯，埋头佛理与学问当中，借此暂时忘却仕途上的不顺。其实中国历代的文人大都如此，在入世与出世间摇摆不定，满怀的抱负无处施展，索性逃离凡世，自修我禅，以佛老之学作为暂时的精神家园。

仕途上的不顺也许可以通过学习佛理聊以自慰，但是，就算看再多的佛偈，纳兰性德的内心还是无法彻底放下卢氏，喜怒贪嗔痴，纳兰性德逃不过的，还是那个“痴”字。

寻芳草·萧寺纪梦

客夜怎生过？梦相伴绮窗吟和。

薄嗔佯笑道：“若不是恁凄凉，肯来么？”

来去苦匆匆，准拟待晓钟敲破。

乍偎人一闪灯花堕，却对着琉璃火。

多少次，在人群中看到她的背影，回眸一笑，皎皎云中月，灼灼叶中华。多少次，她在梦中归来。她还是那个样子，远远地，穿着吉服，戴着凤冠霞帔，巧笑倩兮，美目盼兮。忽而又到了那个雨天，她站在池塘边，为新绽的荷花撑着伞，眼帘低垂，那样青涩，眉宇间带着淡淡的哀愁。

每个晚归的冬夜里，她总为他留着那一豆烛火，映着烛光，她笑着，又佯装生气地嗔怪。纳兰性德正想上前，倏而，从往来碌碌的人海到张灯结彩的洞房，从雨雾朦胧的荷塘到一闪而过的灯花，全都被一声晨钟无情地撞破，纳兰性德伸出手去，却只抓到被泪水沾湿的枕头。

在卢氏去世三年后，这种悲哀的情绪仍是挥之不去，纳兰性德竟觉得活在人间如此无味，于是终日昏昏沉沉，心不在焉。纳兰明珠见儿子如此沉沦，爱子心切的他便和觉罗氏张罗着为儿子续弦再娶。在父母的一手安排之下，纳兰性德万般无奈地续娶图赖之孙、朴尔普之女的官氏。

那夜红烛摇曳，一切如此熟悉，又如此陌生。官氏头戴红锦，低头坐在床边。纳兰性德已是大醉，迷蒙中以为回到了数年前那个新婚之夜，新娘卢氏娇羞不已，他伸手拨去了新娘的盖头，眼前却是一张精致而陌生的脸。官氏抬头，温柔如水，他却突然大怒，摔门而去，留下新娘委屈而错愕的面孔。

虽与官氏有夫妻之名，在纳兰性德心里，唯一的妻子只有已然逝去的卢氏。他今生所有的温柔，亦随之而逝。他再也无法和一个陌生女子耳鬓厮磨，相许终身，那些缠绵的情话，也早已和卢氏一同长眠于地下。可怜那官氏，年纪轻轻也只剩深闺寂寞，终身无子。

哀声不成歌，此弦再难续。就算是续娶官氏之后，每逢卢氏忌日，纳兰性德还是会一个人默默地祭奠，他将自己写给卢氏的情话焚入火盆，随着纸灰飞扬，两行清泪划过他俊朗的脸庞。虽然阴阳相隔，纳兰性德还是希望，她能明白自己词中的深情与思念。

第三辑

仕途·不是人间富贵花

第一节　羁旅生涯峥嵘路

一别三载，纳兰性德以为自己注定要在孤独凄苦中度过一生，每日当值已是例行公事，朝政时局也多与他无关。日子散漫，他或许能在时光流逝中自愈，抑或在流逝的旋涡中无法自拔，他自己也不知晓，命运的双手会将他推向哪里。

康熙十七年（公元1678年）二月，因云南藩乱平定，康熙帝奉祖母博尔济吉特氏之懿旨，回东北祭祖。满洲人祖辈生活在东北的白山黑水中，东北地区虽远离中原，但幅员广袤、水草丰盈，正如民谣所唱，“关东有三宝，人参、貂皮、乌拉草”。自十六世纪初，沙俄于勒拿河流域建立了雅库茨克城，进而将边境线延伸到中国的北方边缘，并伺机侵占中国领土。

自从当年皇太极在沈阳称帝，改国号为大清以来，东北更被清廷视为龙兴之所。清军入关以后，就借口保护大清龙脉，颁布了“禁关令”，并且以柳条修成绵延千里的篱笆墙，严禁汉族人进入东北。

“禁关令”使得东北人烟稀少，力量更为稀薄，加上顺治至康熙年间，清廷一面要平定各地反清复明的小股势力，一面又忙于撤藩，平定三藩之乱，这使得沙俄侵略者更加肆无忌惮，多次南下侵扰我国东北地区。

清朝初年的文献中，常以“罗刹”称呼俄国，在佛经中，“罗刹”是指食人肉的恶鬼。东北多地也流传着沙俄侵略者杀食当地民众的传言。东北边境形势之紧张，由此可见一斑。

因而康熙这次东巡，实际上还有另一个目的，那就是巡查边境的军事建备，检阅军队，以此警示一直以来对东北地区虎视眈眈的沙皇俄国。康熙特别下旨，命翰林院高士奇与御前侍卫纳兰性德随驾东行。

这是纳兰性德第一次随驾出行，且到东北苦寒之地，路途遥远，人困马乏。车马颠簸中，纳兰性德倍感辛苦，夜晚还要负责康熙的宿营安全。启程后不久，便遇塞上风雪迷离。夜幕低垂，旷野中的寒风比京师中的凌厉太多，雪也不是家中院落内的那般温柔。羁旅行驿不仅鞍马劳顿，筋疲力尽，更勾起了他的无限乡情。

长相思

山一程，水一程，身向榆关那畔行，夜深千帐灯。

风一更，雪一更，聒碎乡心梦不成，故园无此声。

严迪昌评点此词时曾说过：“‘夜深千帐灯’是壮丽的，但千帐灯下照着无眠的万颗乡心，又是怎样情味？一暖一寒，两相对照，写尽了自己厌于扈从的情怀。”（《清词史》）这首《长相思》，不知道尽了多少离乡漂泊的浪子心怀。

或许，随驾出巡对旁人来讲是无上的荣耀，但对心思慎微的纳兰性德而言，羁旅劳顿只会更加勾起他对旧人故土的思念，荒寒的塞外，恶劣的天气，路途遥远，衷肠难诉，这样每日伴驾御前，浑浑噩噩，就算荣宠再盛，又有何趣味。

如梦令

万帐穹庐人醉，星影摇摇欲坠。

归梦隔狼河，又被河声搅碎。

还睡，还睡，解道醒来无味。

据高士奇《东巡日录》所记载的几则日记，我们可以很清楚地看到这次东巡的行程。“三月甲戌：驻跸乌喇鸡陵，又因造船于此，故曰船厂。江即松花江，满言松阿喇乌拉者是也。乙亥：冒雨登舟，溯松花江顺流而下，风急浪涌，江流有声。驻跸大乌喇虞村，去船厂八十余里。山多黑松林，结松子甚巨。土产人参，水出北珠，江有鳇鱼，禽有鹰鹞，海东青之属。乌稽人间有以大鱼皮为衣者。”

拜祭过福陵、昭陵、永陵，纳兰性德又随行途经了小兀喇，这是叶赫那拉家当年的封地，荣极一时的先祖——海西女真族祖祖辈辈生活的地方，而今这里却是这般的残破。一时间，兴亡之感涌上心头。纳兰性德强按住胸中翻腾的情绪，回到营房后，写下了一首《浣溪沙·小兀喇》。

浣溪沙·小兀喇

桦屋鱼衣柳作城，蛟龙鳞动浪花腥，飞扬应逐海东青。

犹记当年军垒迹，不知何处梵钟声，莫将光废话分明。

一句“莫将光废话分明”中，隐藏了陈年旧事。曾经对战多年的两大家族后裔，现如今一个是高高在上的皇上，一个是身边随行的侍卫。

对比康熙帝在松花江畔写下的《松花江放船歌》：“松花江，江水清，夜来雨过春涛生。浪花叠锦绣縠明，彩帆画鹢随风轻。箫韶小奏中流鸣，苍岩翠壁两岸横。旌旄映水翻朱缨，云霞万里开澄泓。”一主一仆，心境也是一个天上一个地下。

除了回到祖地，这次东巡也确是让纳兰性德开阔了眼界，他深深地被黑土地的广袤无垠、松花江的波涛汹涌所打动，更被那清军水师严整的军容、山海关的雄伟壮阔激发出了满怀的豪情。登上山海关，遥忆历代多少文人骚客在此观海，远望那天边的海市蜃楼。

站在一望无际的大海边，惊涛拍岸，日月光华，不禁让人想到一代枭雄曹操的那句“日月之行，若出其中。星汉灿烂，若出其里”。而今沧海桑田，天地何其浩大，而自己又是多么渺小，不禁才思泉涌，挥毫写下了《浪淘沙·望海》一词。

浪淘沙·望海

蜃阙半模糊，踏浪惊呼。任将蠡测笑江湖。

沐日光华还浴月，我欲乘桴。钓得六鳌无，竿拂珊瑚。

桑田清浅问麻姑。水气浮天天接水，那是蓬壶。

带着满怀的兴亡之感，纳兰性德随着康熙帝摆驾回銮，结束了这次东巡的历程。

只可惜，这次浩浩荡荡的东巡并没有挡住沙皇俄国侵扰东北的脚步，东巡过后不久，沙俄侵略者侵占了我国东北边境梭龙地区的战报便传到了京城。康熙帝闻讯震怒，为了进一步刺探敌情，于康熙二十一年（公元1682年）八月，派遣副都统郎坦、彭春与纳兰性德等人，率领少数骑兵以“捕鹿”为名北上，前往黑龙江沿岸侦察情势并联络当地梭龙部各民族，为全面在军事外交上打击沙俄侵略者做前期的准备工作。

多年来，守卫宫城，当值巡视，如同皇上的家仆般，根本没有机会接触朝廷政事，如此蝇营狗苟一生，实在不是纳兰性德的格局。虽然仕途不顺的纳兰性德借每日研读经典、诵读佛经来安慰自己，但他的内心还是存着一丝希望。如今终于迎来了一次能为国立功的机会，接到圣喻的纳兰性德，忍不住暗暗地激动。

出发前，老师徐乾学也赶来送行，以一首《送行诗》赠与爱徒，愿纳兰性德早日凯旋。诗曰：“丁零逾鹿塞，敕勒过龙沙。绝漠三秋暮，穷阴万里赊。行边依羽箭，乘障咽雪笳。地轴图经外，车书总一家。”

从这首诗中可以看出，纳兰性德这次的北巡不会再像伴驾东巡时那么轻松了。此次出巡表面上以“捕鹿”为名，为了不引人注意，本来随行的兵士就不多。途中除了要克服恶劣的天气与险峻的地形，政治形势更是复杂，不仅要防范沙俄军队的散兵游勇，还会途经一些没有通款的部落，务求与之修好，共抗外侮。这期间，很有可能会遇到各种各样无法预知的危险。

好友姜宸英深深地为纳兰性德此去的安危担忧，送别过后，迟迟不愿离去，索性随军一直到了燕郊的军营内。两人秉烛夜谈，饮酒吟诗，不知不觉就到了鸡鸣时分，纳兰性德一行人即将开拔，依依不舍的姜宸英也只好作别。

纳兰性德含泪拜别了友人，一路北上。不久，行到了永平府境内，上次来到这里时，纳兰性德与高士奇随康熙帝登山海关，何等意气风发。可这次，一路的车马劳顿、风餐露宿，使得纳兰性德深感体力不支，旧症寒疾似乎又有复发的倾向。随行的军医为纳兰性德开了药方，恹恹的纳兰性德没有再登山海关的心思，只待在自己的帐中休息，一边用小炉煎着几味中药，一边提起笔，想将路上的情形写进信中，托人带回家。此时业已深秋，关外前路漫漫，回望京师遥遥，秋风钻过帐帘，浓浓的凉意袭来，分外地扎人。

信写好了，纳兰性德思忖再三，又怕家人与妻室见信徒添烦恼，索性作罢，将信揉成一团，和衣倒在床上。自己为何不能如愿成为文臣，偏偏要每日囚在深宫中，带刀当值。好不容易有了报效国家的机会，又是以随行武将的身份，这般风餐露宿。说到底，自己这辈子，也就是这样了吧，还说什么报效国家，这副残躯，注定也就是一个混迹在武夫之中的短命书生罢了。

自山海关前往辽东，途经之地大都是没有人烟的深山老林，想必一路上也是吃了不少苦。十二月下旬，任务完成后的纳兰性德也随郎坦等回京复命。康熙帝虽然褒奖了几人的劳苦功高，却并未再给纳兰性德出战的机会，而是将他擢升为御前一等侍卫。

因为途中劳顿，身体状况不佳的纳兰性德，心境更是灰冷，此时的他也已经对入朝为官不抱什么希望了，只是领旨谢恩，怏怏地出宫了。

从北京到梭龙地区的索伦雅克萨，往来万里，纳兰性德在途中写了不少诗词聊以自慰，但由于这次的任务绝密，他的作品也不可能出现与使命相关的内容，所写无外乎离愁别绪与旅途见闻。借用严迪昌的话，读来“几乎是孤臣孽子的情绪”。

第二节　不知题柱客，谁和郢中歌

拟古

长安游侠子，黄金视如土，结交及屠博，安知重珪组。一朝列华筵，羞与朱履伍。惜哉意气尽，委身逐倾吐。时俗尚唯阿，至人亦伛偻；惜昔有赠言，深藏乃良贾。

清朝虽然没有像金元那样明颁律法，将人分为三六九等，但种族歧视是明显存在的，清初的民族矛盾非常尖锐，满汉亦不能通婚。所谓的“满洲人”并非是某一个血统上的民族，而是一个政治群体，是指皇太极时期建立的八旗制度统辖的百姓，即“旗人”。

其成员大都是清朝初期尚在关外的东北老根据地时，就已经融入其政权和军队中的原本居住在辽东一代的非满洲和蒙古血统的成员，也就是我们常说的满洲八旗和蒙古八旗、汉军八旗。但就算是“满洲人”中，汉军八旗的地位也是最为低下的，大部分是包衣奴才出身，“包衣”为满语音译，意思是“家里的”，所谓包衣奴才其实就是家生奴才的意思。我们所熟知的年羹尧、曹雪芹，都是包衣奴才出身。

一般来说，清代的阶级从高到低依次可以划分为皇族、宗室、京师老满洲、各地驻防满洲、蒙古八旗、八旗汉军，之后才是汉人。

纳兰性德虽为高贵的满洲正黄旗出身，但是他结交朋友从来不论门第高低、身份贵贱，只顺心意。身为世家子弟，自然会有不少趋炎附势之人找上门来，假如纳兰性德愿意，那么他走到哪儿都可以前呼后拥、跃马食肉。但是纳兰性德需要的不是那种高朋满座的虚荣，而是真正超脱功利之外的精神吸引。

正所谓酒逢知己千杯少，话不投机半句多。徐乾学在《神道碑》中写道：“客来上谒，非其愿交，屏不肯一见面，尤不喜接软熟人。”韩菼在《纳兰君神道碑铭》也写道：“其翕热趋和者，辄谢弗为通，或未一造门。”与父亲明珠圆滑的处事方式不同，而对于那些不称心意的人，纳兰性德从不入眼。而对于那些真正的达人旷士，纳兰性德却是“于道谊也甚真，特以风雅为性命，朋友为肺腑”。

纳兰性德一生交游广阔，虽然只在这人世间游历了短短的三十一年，爱情寂寞，仕途失意，但所幸他的挚友很多，除了与同为御前侍卫的曹寅（曹雪芹的祖父）交好之外，其余大部分都是落拓的汉族文人。

据纳兰性德的老师徐乾学在《通议大夫一等侍卫进士纳兰君墓志铭》中所记：“君所交游，皆一时俊异，于世所落落寡合者，若无锡严绳孙、顾贞观、秦松龄，宜兴陈维崧，慈溪姜宸英，尤所契厚。”此外，张任政也在《纳兰性德年谱》记载：“生平挚友如严绳孙、顾贞观、朱彝尊、姜宸英辈，初皆不过布衣，而先生固已早登科第，虚已纳交，竭至诚，倾肺腑。”还有一个文学史上比较少见的现象，就是纳兰性德的这些挚友，都比他年长近一辈，严绳孙长他三十二岁，陈维崧长他三十岁，姜宸英长他二十七岁，朱彝尊长他二十六岁，梁佩兰长他二十五岁，翁叔元长他二十二岁，顾贞观与秦松龄都长他十八岁。

可以说，他们的交游完全突破了年纪与门阀的界限。

纳兰性德之所以能与这些心高气傲、才高八斗的汉族文人们结交，很大一部分原因是他从未将自己看作皇亲贵胄。

拟古

朔风吹古柳，时序忽代续。庭草萎已尽，顾视白日速。

吾本落拓人，无为自拘束。倜傥寄天地，樊笼非所欲。

嗟载华亭鹤，荣名反以辱。有客叹二毛，操觚序金谷。

酒空人尽去，聚散何局促。揽衣起长歌，明月皎如玉。

其实，除了出身高贵之外，他也是仕途不顺，情路坎坷，这样想来，那句"吾本落拓人"又有什么不通呢，纳兰性德在精神上与这些落魄文人又有什么不同呢。

"五花马，千金裘，呼儿将出换美酒，与尔同消万古愁。"与朋友在一起，纳兰性德从不吝啬，人之相交，贵乎知心。只要性情相投，纳兰性德都会掏心掏肺地"以友人之休戚为休戚"。在纳兰性德存世的三百四十八首词中，就有四十二首与友人相关，三百六十二首诗里有七十五首为与友人的唱和之作。

徐乾学与纳兰性德的师生情谊非常深厚，也可算是亦师亦友。早在康熙十一年（公元1672年），纳兰性德刚刚拜入老师徐乾学门下不久，当时正任顺天乡试副主考官的徐乾学，就曾因为选人不当，经历过短暂的降级调任。老师离开京城之时，纳兰性德曾送上一首临别诗。

秋日送徐健庵座主归江南

江枫千里送浮飔，玉佩朝天此暂辞。黄菊承杯频自覆，青林系马试教骑。朝端事业留他日，天下文章重往时。闻道至尊还侧席，柏梁高宴待题诗。惆怅离筵拂面飔，几人鸾禁有宏辞。鱼因尺素殷勤剖，马为障泥郑重骑。定省暂应纾远望，行藏端不负清时。春风好待鸣驺入，不用凄凉录别诗。

这首诗在纳兰性德的创作中可谓是别具一格。众所周知，纳兰性德的作品向来以清丽婉约、哀感顽艳为特点，而这首赠与老师的临别诗，则是情感高昂、意气风发，大有盛唐边塞诗之风骨。

老师被贬谪一事对纳兰性德的打击颇深，久久不能释怀的他只有寄情于诗赋，直到不久后，纳兰性德有幸结交了严绳孙。

自称勾吴严四的严绳孙，书法造诣极为深厚，据说他六岁时便能作径尺大字，著名的“曝书亭”匾额便是他的手笔。除了书法，严绳孙的画技也十分高超，他画的凤凰栩栩如生，“翔舞竦峙，五色射目”。

纳兰性德与他一见如故，两人常常畅谈诗词，品茗论经，泼墨挥毫。两人感情日笃，两年后，严绳孙索性移居至纳兰性德处，两人谈天说地，好不快活。直到康熙十五年（公元1676年）暮春，严绳孙辞官南归，纳兰性德虽然依依不舍，但是他心里也明白，严兄生性闲适洒脱，绝非为五斗米折腰之人，苦苦留他也是无用，只好作诗相赠。

送荪友

人生何如不相识，君老江南我燕北。何如相逢不相合，更无别恨横胸臆。留君不住我心苦，横门骊歌泪如雨。君行四月草萋萋，柳花桃花半委泥。江流浩淼江月堕，此时君亦应思我。我今落拓何所止，一事无成已如此。平生纵有英雄血，无由一溅荆江水。荆江日落阵云低，横戈跃马今何时。忽忆去年风月夜，与君展卷论王霸。君今偃仰九龙间，吾欲从兹事耕稼。芙蓉湖上芙蓉花，秋风未落如朝霞。君如载酒须尽醉，醉来不复思天涯。

字字情真意切，令人动容。其中“人生何如不相识”之句，大有“人生若只如初见”之意境。人生无常，聚少离多，今宵把酒而欢，明日就各奔东西。知交远去，回乡尚有旧友作伴，徒留纳兰性德一人在这京兆繁华之地，只剩满目萧索、一地寂寞。

不久之后，纳兰性德又在徐乾学的宅邸结识了姜宸英，两人一见如故，结为挚友。在纳兰性德的诚挚邀请下，姜宸英也住进了纳兰家，这一住就是两年。纳兰性德曾作《早春雪后同姜西溟作》，记叙两人共观雪景，吟诗作乐的情景。

早春雪后同姜西溟作

西山雪易积，北风吹更多。欲寻高士去，层冰郁嵯峨。琉璃一万片，映彻桑干河。耳目故以清，苦寒其如何。朝鸦背城来，晴旭满岩阿。春泥冻尚合，九衢交鸣珂。忽覩新岁华，履端布阳和。不知题柱客，谁和郢中歌。

此诗初读起来，诗境甚为明朗，然而最后一联“不知题柱客，谁和郢中歌”却使原本明澈的情绪为之一变，有如变徵之调，闻之有一丝悲凉之感。这联中连用了两个典故，“题柱客”典出《华阳国志》卷三《蜀志》。

据说西汉时司马相如离蜀赴长安，曾于成都城北昇仙桥题句于桥柱，自述致身通显之志，曰：“不乘赤车驷马，不过汝下也！”桥名作“升迁”。后以“题柱客”指誓志求取功名荣显之士。而“郢中歌”典出《宋玉对楚王问》：“客有歌于郢中者……是其曲弥高，其和弥寡。”就是说越是高山流水的歌曲，能应和它的人也就越少。纳兰性德此句，是借古人之酒杯，浇自己之块垒。满朝文武，举目望去，大都是求取功名富贵之徒，真正的知音又有几个呢。

姜宸英性格狂狷，纳兰性德却从不以为怪，姜宸英曾自述：“我常箕踞，对客欠伸，兄不余傲，知我任真。我时谩骂，无问高爵，兄不余狂，知我疾恶。激昂论事，眼瞪舌挢，兄为抵掌，助之叫号。”姜宸英做事随心所欲，在客人面前也不讲礼节，别人觉得他是太过孤傲，只有纳兰性德知道，这是他的率真。

姜宸英性格激烈，对于高官显爵者照骂不误，别人认为他过于张狂，只有纳兰性德明白，他是疾恶如仇。有时议论起时事来，姜宸英说到慷慨激昂处，吹胡子瞪眼睛的，纳兰性德还会鼓掌叫好。如此良友，真可谓知音者也。

此外，纳兰性德素来钦慕朱彝尊的才名，特意投书于他。两人虽然南北相隔甚远，但幸好有赖鸿雁传书，在信上，两人谈诗论道，惺惺相惜，不久也成为挚友。

第三节　明月有情应识我

古代文学史中曾传有一段佳话，纳兰性德不仅与友人同游同乐，更能为这些寒门志士分忧解难，他与顾贞观之间的情谊便是如此。

康熙十五年（公元1676年），在严绳孙、徐乾学的引荐下，纳兰性德结识了顾贞观。一次偶然间，纳兰性德读到了顾贞观的两阕《金镂曲》，词云："季子平安否？便归来，平生万事，那堪回首？行路悠悠谁慰藉？母老家贫子幼。记不起从前杯酒。魑魅搏人应见惯，总输他覆雨翻云手。冰与雪，周旋久。泪痕莫滴牛衣透。数天涯依然骨肉，几家能彀？比似红颜多命薄，更不如今还有。只绝塞苦寒难受。廿载包胥承一诺，盼乌头马角终相救。置此札，君怀袖。”

“我亦飘零久。十年来，深恩负尽，死生师友。宿昔齐名非忝窃，试看杜陵消瘦，曾不减夜郎僝僽。薄命长辞知己别，问人生到此凄凉否？千万恨，从君剖。兄生辛未吾丁丑。共些时冰霜摧折，早衰蒲柳。词赋从今须少作，留取心魂相守。但愿得河清人寿。归日急翻行戍稿，把空名料理传身后。言不尽，观顿首。”

纳兰性德读罢此词，不禁泪流满面。词中的每一字都发自肺腑，情真意切。到底背后有着怎样动人心弦的故事？

原来，这两阕词，是顾贞观寄予被远放宁古塔的挚友吴兆骞的一封信。吴兆骞，字季子，早在少年时便才名远播，但是他生性狂放，恃才傲物，不拘礼法。据说，他曾经在一次聚会上偶遇名士汪钝翁，年少轻狂的吴兆骞竟指着汪钝翁大放狂言：“江东无我，卿当独秀。”

当下语惊四座，令汪钝翁甚为不悦。

顺治十四年（公元1657年），吴兆骞参加乡试，却正遇上震惊朝野的“南闱科场案”，此案牵涉人员之广，处罚力度之重，都算是当时的科场案中之最。本来，以吴兆骞的才情，得中举人也是分属应当，可因为他平日里为人狂放不羁，得罪了不少权贵，案发后遭到陷害，被判入京复试。翌年四月，瀛台复试时，由于武士林立，持刀挟两旁，吴兆骞毕竟年少，一时紧张战栗，未能终卷，当时主审的官员竟然就以“审无情弊”为由，将他除名，责四十板，家产籍没，并判他发配宁古塔。

好友顾贞观惊闻吴兆骞的遭遇，又急又悲，他立誓，一定要将无辜的吴兆骞从那苦寒之地救回。可是，同是寒门出身的顾贞观，多年来四处奔走，奋声疾呼，却一无所成。悲愤之中，他以词当书，写下了满纸的辛酸苦泪。

纳兰性德深受感动，当下表示，愿意在十年之内竭尽平生之力帮助吴季子平安归来。顾贞观以为，十年之期太长，请为五年。纳兰性德当下便带着顾贞观面见父亲，请求父亲的帮助。明珠爱子心切，更被顾贞观对友人的情谊所感动，对于身居高位的他来说，此事也并不难办，便应承了下来。

袁枚在《随园诗话》中也曾详述这段故事：“说华峰之救吴季子也，太傅方宴客，手巨觥谓曰：‘若饮满，为救汉槎。’华峰素不饮，至是一吸而尽。

“太傅笑曰：‘余直戏耳。即不饮，余岂不救汉槎耶？虽然，何其壮也！’呜呼！公子能文，良朋爱友，太傅怜才，真一时佳话。”

纳兰明珠本来只是说句玩笑话，让顾贞观喝了巨觥中的酒，便答应帮他救人。顾贞观虽然素不喝酒，但听明珠如此一说，便毫不犹豫地将巨觥中的酒一饮而尽。这样一来，纳兰明珠更为顾贞观的豪情所动，便答应全力帮他解救吴兆骞。

就这样，在纳兰性德与父亲的斡旋下，康熙二十年（公元1681年）七月，吴兆骞终于自苦塞回还，自他流放至今，已是二十三年。饱经沧桑的吴兆骞与顾贞观故人相见，满腹的话却哽在喉咙，唯有两行清泪。两人一同来到纳兰府拜谢，吴兆骞看到纳兰性德房中的墙壁上赫然写着一行字："顾梁汾为吴汉槎屈膝处。"这个年已半百的汉子，终于忍不住情绪失控地大哭。

看到这样的场面，纳兰性德也忍不住再次流下了泪水，他曾在词中写道："绝塞生还吴季子，算眼前此外皆闲事。"能救朋友于水火危难之中，是他最欣慰之事。

经此一事，顾贞观将纳兰性德引为挚友。纳兰性德曾将早年词作集结为《侧帽集》，康熙十七年（1678年），又托顾贞观帮自己重新选词集结为《饮水词》，能帮纳兰性德修订词集，至少说明两人在词学审美上颇有默契。

《饮水词》面世之后广受好评，曹寅曾有"家家争唱饮水词，纳兰心事几曾知"之叹。陈维崧盛赞："饮水词哀感顽艳，得南唐二主之遗。"可惜，这两本纳兰性德生前勘定的词集，现在都已散失。现在我们所说的《饮水词集》，已经是纳兰性德身后友人再次修订出版的了。

纳兰性德得此知己，内心甚慰。顾贞观一生落魄，仕途受阻，可谓是“时运不济，命途多舛”。在他消沉之际，纳兰性德也曾作一首《金镂曲》相赠。

金镂曲·赠梁汾

德也狂生耳！偶然间、缁尘京国，乌衣门第。有酒惟浇赵州土，谁会成生此意？不信道、遂成知己。青眼高歌俱未老，向尊前、拭尽英雄泪。君不见，月如水。共君此夜须沉醉。且有他、蛾眉谣诼，古今同忌。身世悠悠何足问，冷笑置之而已。寻思起、从头翻悔。一日心期千劫在，身后缘、恐结他生里。然诺重，君须记！

这首词既有振奋人心之处，亦有凄婉迷离之句。读罢掩卷，“一日心期千劫在，身后缘、恐结他生里”句在脑海中挥之不去，甚有英雄末路、美人迟暮之感，凄婉得让人不忍卒读，联想到仅仅几年后，一病不起的纳兰性德便与挚友顾贞观生死相隔，深情厚谊只得待来生再续，人生无常，不知道算不算一语成谶。

后来，在徐乾学等人的引荐下，纳兰性德还结识了陈维崧、梁佩兰、叶方蔼、施闰章、张纯修等人，互相之间常常有诗作往来唱和。他们一行人经常聚在纳兰性德处，开怀畅饮，吟诗作对，颇为风雅。纳兰性德将自己的别业命名为“渌水亭”，也许便是取水之清澈、澹泊、涵远之意，喻“君子之交淡如水”。

浣溪沙·郊游联句

出郭寻春春已阑（陈维崧），东风吹面不成寒（秦松龄），青村几曲到西山（严绳孙）。

并马未须愁路远（姜宸英），看花且莫放杯闲（朱彝尊），人生别易会常难（纳兰性德）。

从这首《浣溪沙·郊游联句》中，我们仿佛可以透过历史厚厚的浓烟，窥到当时这一行良友暮春出游、饮酒抒怀的飘逸身影。不禁让人联想到《论语·侍坐》中曾皙之言："暮春者，春服既成，冠者五六人，童子六七人，浴乎沂，风乎舞雩，咏而归。"

与众多汉族文人的交游，令纳兰性德的精神世界不至于太过寂寞。在这滚滚红尘中，自有无数人笑他痴，但是性德根本不屑一顾，举世皆浊我独清，众人皆醉我独醒，人生得一知己尚且足矣，何况还有诸君共我一同痴，还有何惧、有何悲、有何愁呢。

第四节　悠游帝里风光好

浣溪纱

谁念西风独自凉，萧萧黄叶闭疏窗，沉思往事立残阳。

被酒莫惊春睡重，赌书消得泼茶香，当时只道是寻常。

纳兰性德与顾贞观情谊日笃，两人在词学观点上颇为契合，常常一同探讨诗赋时事。有时，纳兰性德从悼亡词讲起与卢氏相处的点点滴滴，也常常忍不住垂泪。顾贞观知道，虽然他常与友人长日放歌，开怀畅饮，但是夜晚归家后，虽纳兰府中置有一妻一妾，常人看来以为他享尽齐人之福，殊不知她们都不是纳兰性德的知心人。

纳兰性德曾在《渌水亭宴集诗序》里写道：“此地四载白壁，何以人称击筑之乡？台起黄金，奚为尽说悲歌之地？偶听玉泉呜咽，非无旧日之声；时看妆阁凄凉，不似当年之色。此浮生若梦，昔贤于此兴怀；胜地不常，曩哲因而增感。”

就算与友人们在一起的大部分时间都是欢愉的，但是纳兰性德偶尔回想起旧事，还是会突然感伤起来。毕竟，揾英雄泪的还需得是“红巾翠袖”。

唯一的挚爱已然逝去多年，纳兰性德却仍沉浸在卢氏离去的悲痛中，无法自拔。顾贞观见状，也苦于无法为纳兰性德排忧解难，突然，他想到了一个人，江南名妓沈宛。

沈宛，字御婵，江南乌程人，本也是大户人家的小姐出身，自幼学习琴棋书画、诗词歌赋，谁料家道中落，这才辗转流落至烟花柳巷中。她容色秀美，风致嫣然，更难得的是，沈宛富有才情，常填佳作，于青楼画舫中，以珠玉美词配上琵琶扬琴，旋律悠然婉转中，沈宛美目低垂，朱唇轻启，离情愁绪缓缓道来，清丽不可方物，令无数江南文人学子为其倾倒。

顾贞观曾有幸与沈宛结识，知她素慕纳兰性德之才名。若能从中牵针引线，成二人秦晋之好，岂不美哉。这样想着的顾贞观，想出了一个主意。于是，趁着一次欢聚，酒兴方酣时，顾贞观故作神秘地拿出了一首词，请纳兰性德代为鉴赏。

词题为《朝玉阶·秋月》，词曰：“惆怅凄凄秋暮天。萧条离别后，已经年。乌丝旧咏细生怜。梦魂飞故国、不能前。无穷幽怨类啼鹃。总教多血泪，亦徒然。枝分连理绝姻缘。独窥天上月、几回圆。”

纳兰性德读罢，心醉不已，此词遣字优美，情意缱绻，哀婉凄美有李后主之风。虽然这纸上的字迹是顾兄的无疑，但是纳兰性德素知顾贞观为人狂放，词风亦是壮美酣畅，这首抒怀婉约的词必定不是出自他手，便细细询问。若是真有如此英才，以纳兰性德一贯的风格，必定是要与他结为挚友。

顾贞观见纳兰性德如此殷切，便笑着吐露了原委。原来这首《朝玉阶·秋月》，是顾贞观从词集《选梦词》中抄录出来的，这首词集在江南甚为有名，而词作者，便是顾贞观的故交——风姿卓越的江南名妓沈宛。纳兰性德一听便愣住了，他没有想到，如此美词，竟是出自一个风尘女子，便向顾贞观叹道，果然是妙人，可惜她身在江南，无法得缘相识，否则定要与她谈词论曲，以慰平生。顾贞观笑道，这有何难，我为你引荐便是，虽然她远在江南，你二人不妨先互通书信便是。纳兰性德心下一喜，就此答应了下来。

回到家中，纳兰性德托人找到了沈宛的《选梦词》，细读之下，果然不凡，心中更生钦慕。

不是重情人，又怎能知芳草无情，不是真性情，又怎能感伤春逝至如此，纳兰性德向来是情真之人，遇到情真之人便更是相惜。在顾贞观的引荐下，很快，纳兰性德就寄出了给沈宛的第一封信。青鸟殷勤，沈宛的回信很快便到了，信中，沈宛坦言她很早就拜读过纳兰性德的词赋，深受感动，没想到这位佳公子竟然也对自己的拙作如此厚爱，实在是受宠若惊。

事实也确是如此，沈宛自从读过纳兰性德的词后，便深深地迷上了那凄婉缠绵的字句，除了时不时地吟咏之外，也曾多次演唱，情到深处，仿佛感同身受，几度哽咽。这次，得蒙顾贞观引荐，收到纳兰性德的书信后，沈宛更是不能自持，芳心暗许。

自此，一边是笔下生花送妙语，一边是蝇头小楷写乌丝。看着两人的书信往来如此热络，顾贞观的心里也深感欢喜。

一痕沙·望远

沈宛

白玉帐寒夜静，帘幕月明微冷。两地看冰盘，路漫漫。

恼杀天边归雁，不寄慰愁书柬。谁料是归程，怅三星。

只靠书信传情，却不能亲见其人，正当沈宛与纳兰性德都饱受两地分隔之苦时，纳兰性德接到了一道令他无比欣喜的圣旨，康熙帝决定下江南，还指派纳兰性德伴驾随行。纳兰性德素来就对“日出江花红胜火，春来江水绿如蓝”的江南无比向往，更为重要的是，借由这次机会，还能与通信多时的沈宛见面，泛舟江中，饮酒论词，岂不快哉。

康熙二十三年（公元1684年）十月，跟随着康熙帝一行人，纳兰性德终于踏上了江南这块温香软玉之地。从南京下苏州，再到无锡、扬州、镇江，一路上，心情大好的纳兰性德词兴大发，一连作了十首《梦江南·江南好》，无一例外地用“江南好”三个字作首句，词句深婉秀丽，足可见其心境之明快。

不久，在顾贞观的带领下，纳兰性德终于与信中人见面了，沈宛比他想象中更为梳云掠月、沉鱼落雁，纳兰性德心中不免暗暗惊叹。落落大方的沈宛并不故作娇矜，她早已钟情于性德，这次一见，看他风神俊逸，更是心神荡漾，巧笑倩兮。两人很快就坠入了情网。

在伴驾之余，纳兰性德常到沈宛处，郎情妾意，诗酒风流，纳兰性德也将自己与卢氏的故事原原本本地告诉了沈宛。沈宛对于纳兰性德而言，除了情人之外，更多是词上的知音，在一起之后，两人的《选梦词》与《饮水词》各有增删，应当就是两人相互讨论的结果。虽然他们已暗自相许，但纳兰性德心中对于发妻卢氏的思念并没有因此而消失。沈宛虽心中有些惆怅，但更为纳兰性德的痴情所感动。两人商议，待纳兰性德回京后，便将沈宛也接去。

与沈宛厮守两个月后，康熙帝南巡结束，纳兰性德临行前，看着哭成了泪人的沈宛，也不免心痛不已。他知道，且不论一个是御前一品侍卫，一个是江南青楼名妓，以自己的身份，要与沈宛长相厮守谈何容易，单是清朝祖制的“满汉不能通婚”这一条，就注定他无法娶沈宛进门了。沈宛何等冰雪聪明，她知道两人地位悬殊，这一去，前路未卜，也许与良人就此缘尽。纳兰性德牵起伊人的手，他只愿沈宛相信，自己绝非无情无义之徒，待时机成熟之后，他一定会接她进京。沈宛重重地点了点头，望着纳兰性德的背影，暗暗地告诉自己，只要放宽心，慢慢等待就是。自己委身的是个真正的君子，绝不会辜负自己。

回家后，纳兰性德便禀明了父亲明珠，自己想娶沈宛进门。这当然遭到了明珠的强烈反对。纳兰性德也自知，此事一时之间难以办成，便先托顾贞观接沈宛来到京城，在德胜门内置房，将沈宛安顿了下来，之后再从长计议。虽然暂时不能名正言顺地进入明府，但是沈宛已经很知足了。她本就不是在乎名分的人，只要能陪在心爱的人身边，沈宛就已经很幸福了。可惜，好景不长，沈宛与纳兰性德仅仅相守了不到一年，纳兰性德便突发寒疾，一病不起，仅仅七日，便撒手人寰。此时，沈宛的腹中已经有了纳兰性德的孩子，得知噩耗的她眼前一黑，几乎要晕死过去。但是为了腹中的纳兰性德的孩子，她知道自己必须坚强起来。

菩萨蛮·忆旧

沈宛

雁书蝶梦皆成杳，月户云窗人悄悄。

记得画楼东，归骢系月中。

醒来灯未灭，心事和谁说？

只有旧罗裳，偷沾泪两行。

腹中的孩子出生后，纳兰明珠想将孙子带回府中教养，并希望从此不要再与沈宛来往。为了孩子的将来考虑，沈宛犹豫再三，忍痛答应。她含泪离开了北京这块伤心地，回了江南。虽然与纳兰性德仅仅相守了一年，可是自此之后，沈宛的词中再无半点欢情，只剩凄风冷雨，回忆潸然。正是：一遇容若误终身。

相濡以沫，不如相忘于江湖。很多时候，爱，不如不爱；相守，不如相忘。纳兰性德曾叹道"等闲变却故人心，却道故人心易变"，情逝固然可悯，可情正浓时，人却已逝，不是更令人心碎吗！长相思，摧肝肠。明明知道，相濡以沫的那个人已然去了，可有些人，却偏偏还是心甘情愿地将自己独自困在退潮的滩涂中，用余生诠释那一个痴字，也不愿忘却深情，独自逍遥远游。片刻的欢愉，却要用一生来祭奠，何其悲婉，纳兰性德是如此，沈宛更是如此。

第四辑
西去·纳兰心事几曾知

第一节　乌衣门第里的优雅叛徒

渌水亭

野色湖光两不分，碧云万顷变黄云。

分明一幅江村画，着个闲亭挂西曛。

纳兰性德曾说自己“虽履盛处丰，抑然不自多。于世无所芬华，若戚戚于富贵而以贫贱为可安者。身在高门广厦，常有山泽鱼鸟之思”。旁人羡慕他衣食无忧，伴驾君侧，他却羡慕寒门子弟的无忧无虑、闲云野鹤。

也许正是因为如此，他虽然出身侯门，却多与汉族寒士相交，其中不乏狂狷疏放、不拘礼法之士，纳兰性德之所以能与他们成为挚友，除了慕才之外，也是羡慕他们能做自己永远做不了的事吧。显赫的出身对他而言，就如同缚住手脚的绳索，终其一生，纳兰性德也未曾逃离这富贵藩篱。

老师徐乾学在纳兰性德的墓志铭中，说他“自幼聪敏，读书一再，过即不忘。善为诗，在童子已句出惊人，久之益工。……数岁即善骑射，自在环卫，益便习，发无不中。其扈跸时，雕弓书卷，错杂左右。日则校猎，夜必读书，书声与他人鼾声相和”。

纳兰性德自小就生活在深宅大院中，从足月起，每天便由乳娘抱着去向父母请安。那份礼仪教养，深深地浸入了他的骨子里。白天学习满语骑射，是为了自己外在的贵族身份，夜晚诵读诗书经典，才是为了内在真正的自己。一个几岁的孩童，“雕工书卷，错杂左右”，焉能不神思倦怠。

但是在骑射上，纳兰性德“益便习，发无不中”；诗书上，“句出惊人，久之益工”。除了天资聪颖外，更重要的是勤加练习，日则校猎，夜必读书，日日如此，年少的纳兰性德必定也吃了许多常人无法想象的苦。

从小所受的教育，不许他拗逆父母，更别说是皇上。天性温柔的他总是习惯所有苦楚都自己消化，感情上如是，仕途上亦如是。他的婚姻大事全由父母做主，爱妻死后，悲恸的他还是默默接受了父母安排的续弦夫人。虽然身伴君侧，结识了不少权贵，但他向来避谈政事，生怕一时失言，被父亲的政敌抓住把柄。

唯有在文学上，纳兰性德能袒露出最真的自己。王国维说他“以自然之眼观物，以自然之舌言情。此由初入中原，未染汉人风气，故能真切如此”。

虽然没能如愿入朝为官，但是纳兰性德无时无刻不关心着国家大事，他将自己的政见、看法记录下来。尤其是平定三藩时，纳兰性德每日见父亲处理政务，耳濡目染，听到不少治兵之策，结合经史，写下了不少真知灼见。

另外，在与其他文人、大臣交游的过程中，听到什么奇闻轶事，或是单纯的节气变化偶有所感，纳兰性德都习惯以笔记之。此外，还有一些北京当地的名地古刹，纳兰性德都如数家珍地一一详细介绍，有燕山窦十郎故居、元代海子岸的万春园、明代李东阳故居、卢沟河畔的苻氏雅集亭等。在康熙十五年（公元1676年）时，将这些笔记编辑成了一本《渌水亭杂识》。

纳兰性德自己在《杂识》的小序中也曾这样写道：“癸丑病起，披读经史。偶有管见，书之别简，或良朋止，传述异闻，客去辄录而藏焉。逾之四年，遂成。曰《渌水亭杂识》。以备说家之浏览云尔。”

这本杂识，可以说是纳兰性德几年间的一本日记。除了其中一些对西方科学技术的介绍，如《自鸣钟赋》等，比较有进步意义之外，其他的文章大略都是些闲话杂谈。跟纳兰性德的诗词相比，这本《杂识》的文学意义并不大。

但是对于研究纳兰性德其人来讲，这本《杂识》却呈现给了我们一个完全不同的纳兰性德。他关心政治时事，有满腔抱负想要施展；他相信充满梦幻色彩的道教的成仙之说；对待西方近代科学，他又严谨认真，介绍了不少西方先进农具，希望能为我所用，对自行车、望远镜等新鲜玩意儿充满了好奇：

“西人云：望远镜窥金星，亦有弦望。夫月借日光以有光，故有弦望。金星自有光，不仗日光，不知何以有弦望。

“侯木牛流马，古有言是小车者。西人有自行车，前轮绝小，后轮绝大，则有以高临下之势，故平地亦得自行。或即木牛流马乎？而坎礌曲折，大费人力也。”

这与我们印象中的纳兰性德迥然不同，不过联想此时，他刚刚二十岁左右，意气风发，又有爱妻在侧，也就不难理解了。假如卢氏没有死，纳兰性德也如愿入了翰林院，这世间恐多了个意气风发的公子，少了位至情至性的词人。

第二节　凡世最美的情花

明清之时，考据之风盛行，诗作中，更是流行模拟古人。纳兰性德曾说“诗乃心声，性情中事也”，“作诗，欲以言情耳”，强调写诗不应该拟古，还是应该学古，也就是精神、风骨上的学习与词句、内容本身上的突破。写诗不是掉书袋，他不赞同“昌黎逞才，子瞻逞学”，认为“人心不同，各如其面”。

各人的诗作写出来，应该有各人的味道。

“人必有好奇缒险，伐山通道之事，而后有谢诗；人必有北窗高卧、不肯折腰乡里小儿之意，而后有陶诗；人必有流离道路，每饭不忘君之心，而后有杜诗；人必有放浪江湖，骑鲸捉月之气，而后有李诗”。

纳兰性德写诗不避用典，但是能把典故用得随心所欲，又不着痕迹。也许是性格使然，纳兰性德的大部分诗歌，情绪都比较低沉温润。应和之作虽多，但字字发自肺腑，绝少逢场作戏的“空架子”，由此也能看出纳兰性德待人之诚。

诗比起词来拘束更多，题材也偏严肃，对纳兰性德来说，用词更能将他的真性情表露出来，因此相比诗来说，纳兰性德词的成就显然更高。

聂先称其“少工填词，香艳中更觉清新，婉丽处又极俊逸。真所谓笔花四照，一字动移不得者也”。丁澎更盛赞《饮水词》曰：“读之如名葩美锦，郁然而新；又如太液波澄，明星皎洁。”

填词

诗亡词乃盛，比兴此焉托，往往欢愉工，不如忧患作。

冬郎一生极憔悴，判于三间共醒醉。

美人香草可怜春，风蜡红巾无限泪。

芒鞋心事杜陵知，只今惟赏杜陵诗。

古人且失风人旨，何怪俗眼轻填词。

词源远过诗律近，拟古乐府特加润。

不见句读参差《三百篇》，已自换头兼转韵。

纳兰性德一生爱词，这与他的际遇有关，更与其性格有关。想了解纳兰性德的整体创作，还是得暂且撇开他成就颇高的悼亡词与同友人唱合的友情词，因为他在写作这些词时，往往都是沉浸在一种比较强烈的情绪中，比如丧妻之痛，比如别离之悲。私以为，虽然这些词中的佳作，大多因情绪的溢出，有特别动人心魄的力量，但是想真正走近纳兰性德其人，还是他的日常之作更有参考意义。

他的词集《饮水词》，取“如人饮水，冷暖自知”之意。顾贞观于《饮水词》序中云：“容若天资超逸，悠然尘外。所为乐府小令，婉丽清凄，使读者哀乐不知所主，如听中宵梵呗，先凄惋而后喜悦。定其前身，此岂寻常文人所得到者？昔汾水秋燕之篇，三郎击节，谓巨山为才子。红豆相思，岂独生于南国哉！”

私以为，“哀乐不知所主”一句，甚得纳兰性德词中真味。可以说，纳兰性德一生都处在各种矛盾的情绪中，复杂的情绪波动反映到词上面，便显现出了各句之间意味的断裂与脱动。纳兰性德以他的才气，用优美的词句将这些看似散漫的“情绪”连缀起来，使得作品层次错落、风致翩然。

踏莎行

倚柳题笺，当花侧帽，赏心应比驱驰好。
错教双鬓受东风，看吹绿影成丝早。
金殿寒鸦，玉阶春草，就中冷暖和谁道？
小楼明月镇长闲，人生何事缁尘老。

试读这首《踏莎行》，有人从中读出的是仕途不顺，郁郁寡欢；有人读出的是知己难求，人生易老；还有人读出的是百般聊赖，闲适自在。每个人的理解不同，自词中读出的意味便也不尽相同。

纳兰性德从不故作艰深，反倒是希望用平易的字句将复杂的情感展现出来。与李商隐的深情绵邈不同，纳兰性德的词给人以亲切的面貌，如话家常，确如一杯清水，一眼便能望到杯底，但其中真味，却只有亲口尝过才能明了。这也许就是所谓的“如人饮水，冷暖自知”吧。

第三节　此夜红楼，天上人间一样愁

浣溪沙·咏五更，和湘真韵

微晕娇花湿欲流，簟纹灯影一生愁。梦回疑在远山楼。

残月暗窥金屈戌，软风徐荡玉帘钩。待听邻女唤梳头。

康熙二十四年（公元1685年）五月二十三，这段时日，康熙帝前往承德避暑山庄避暑。纳兰性德乐得自在，在渌水亭设宴“集南北之名流，咏中庭之双树”。顾贞观、姜宸英等挚友都前来赴宴，只有严绳孙因故未能出席。

纳兰性德睹物思人，想起了刚刚去世不久的吴兆骞，不禁悲从中来。本来，“塞上生还吴季子”是性德生平快事。吴兆骞回到京城后，纳兰性德便留他在府中做弟弟揆叙的老师。康熙二十二年（公元1683年），为了给母亲祝寿，吴兆骞返回家乡省亲，并在友人的资助下，筑屋三间，故人汪琬之子汪士鋐为其题名为“归来草堂”。

可惜经过二十多年在宁古塔的严寒生活，吴兆骞已不适应江南水土气候，大病了数月，纳兰性德得知消息后派人接吴季子赴京治疗。不幸的是，康熙二十三年（公元1684年）十月十八，吴兆骞还是病重不治，客死京邸，时年五十四岁，此时离他获救回京，不过三载。吴兆骞临终前对儿子说：“吾欲与汝射雉白山之麓，钓尺鲤松花江，挈归供膳，付汝母作羹，以佐晚餐，岂可得耶。”纳兰性德为其料理了后事，并且出资送其灵柩回乡。

吴兆骞去世之事，对纳兰性德的打击很大，他常常会想，假如当初自己没有费尽心思接吴季子回还，也许他也不会因为水土不服而重病离世，也许现在他仍在那白山黑水中，与儿子打猎钓鱼，得享天年。世事究竟为何如此无常，自己到底怎么做才是对的呢?

其实，自沈宛来京之后，纳兰性德郁郁的情绪已慢慢疏解了不少。除了近来寒疾有复发的倾向，其他倒是一切如旧。只是卢氏忌日将近，这庭中的两棵合欢树，是纳兰性德与卢氏共同种下的，而今，当年的小树苗已然“亭亭如盖矣”，夜合花开，暗香扑鼻，想起往事，纳兰性德由此不由得心生悲凉，“木犹如此，人何以堪”。纳兰性德由此写下《咏夜合花》。

咏夜合花

阶前双夜合，枝叶敷华荣，疏密共晴雨，卷舒因晦明。

影随绮箔乱，香杂水沉深，对此能销忿，旋移近小楹。

姜宸英、顾贞观也相继赋诗，劝慰纳兰性德：“窗前故摇曳，况复晓风吹。得地为交让，生庭即采芝。分阴上阶薄，交翠拂帘迟。良会欢今日，无烦蠲忿为。”没想到，这一次咏“夜合花”竟成绝唱。“夜合之花，分咏同裁。诗墨未干，花犹烂开。七日之间，至于兰摧。”

咏过夜合花，几人移至渌水亭中欢饮，夜深露重，加上纳兰性德心情不佳，多喝了几杯，眼前竟渐渐模糊，只听得交杯换盏声越飘越远，纳兰性德脚下一软，晕了过去。顾贞观等人大惊，连忙将纳兰性德扶起，没想到纳兰性德浑身冰凉，不省人事。

府里的家僮赶忙跑去通知老爷夫人去请郎中。众人忙将纳兰性德背回房中，纳兰明珠与觉罗氏急急忙忙地赶来，见爱子这般模样也是心急如焚。经过郎中诊断，纳兰性德是寒疾复发，病情危急，能否挺过全看天意，郎中也是无能为力。

听郎中如此一说，纳兰府中顿时哭作一团。纳兰明珠一夜都守在爱子身边，天刚蒙蒙亮，便请旨入宫，恳请太后派宫中御医为纳兰性德诊症。孝庄太后见纳兰明珠形容如此憔悴，便知纳兰性德此病不轻，当下便下旨派御医前往诊治。觉罗氏在府中日日诵经，以泪洗面。纳兰性德的病却是毫无起色，昏昏沉沉，意识不清。

直到七日后的五月三十，纳兰性德突然醒转过来，觉罗氏欣喜若狂，抓着纳兰性德的手连声呼喊“吾儿，吾儿”。纳兰明珠却愁眉不展，他知道，纳兰性德这样突然精神振奋不是好事，况且今日正是卢氏的忌日，纳兰性德这时醒来，乃是大凶之兆。果然，傍晚时分，纳兰性德再次陷入昏迷，很快就停止了呼吸，纳兰府上下哭成一片。

闻听纳兰性德去世的噩耗，顾贞观、姜宸英等一行人大为震惊，而后“哭之者皆出涕”，别院而居的沈宛更是被这意外的噩耗击倒。到了出殡的那天，满京城“为哀挽之词者数十百人，有生平未识面者”。

那时，《饮水词》已在民间广为流传，纳兰性德其人也是京城炙手可热的翩翩公子，大多数人都不愿相信，一代才子就此陨落。毕竟，他才三十一岁，正当人生壮年，还有那么多的诗书没有读完，还有那么多的情思没有化解，还有那么多的壮志未酬……纸灰飞作白蝴蝶，泪血染成红杜鹃。他尚且年轻的面孔，从此与世永诀。

纳兰性德去后，葬于北京西郊皂荚屯的纳兰家祖坟。据史料记载，纳兰家族墓建于清代顺治三年（公元1646年），共葬其家族十一人，其中，纳兰明珠与纳兰性德的宝顶建筑宏大，底座为青石，宝顶中部为汉白玉，镌刻有图案，上部为三合土夯实的半圆顶。最重要的是，纳兰性德与卢氏合葬。八年了，终于，他与爱妻不必阴阳相隔，可以永生永世在一起了。

浣溪沙

残雪凝辉冷画屏，落梅横笛已三更，更无人处月胧明。

我是人间惆怅客，知君何事泪纵横，断肠声里忆平生。

落雪了，天地一片迷蒙，却再不见那个白衣胜雪的男子。他自嘲为人间惆怅客，总是小心翼翼地将自己的情绪潜藏，即便流泪，也毫不矫揉造作。他心底那一片思念的沼泽，将这世俗所有的欢声笑语都吞没，只剩下白茫茫一片，失意在失意的洪流中荡漾，惆怅在惆怅中不断郁结。

所谓平生，不过三十年，心却疲惫如老者，如同走了一段漫长又折磨的山路。许在九泉之下，他轻挽爱妻之手，杏花疏影里，吹笛向天明。

长歌当哭，师友徐乾学亲撰墓志铭《皇清通议大夫一等侍卫佐领纳兰君墓志铭》，字字恳切，令人闻之动容。

“呜呼！始容若之丧，而余哭之恸也。今其弃余也数月矣。余每一念至，未尝不悲来填膺也。呜呼，岂直师友之情乎哉！

“太傅公失其爱子，至今每退朝，望子舍必哭，哭已，皇皇焉如冀其复者，亦岂寻常父子之情也。至尊每为太傅劝节哀，太傅愈益悲不自胜。余间过相慰，则执余手而泣曰：惟君知我子，惠邀君言，以掩诸幽，使我子虽死犹生也。余奚忍以不文为辞。”

姜宸英与几位文友把纳兰性德的词作加以搜集整理，编印成册，取名为《纳兰词》，后来一并入《通志堂集》。纳兰性德去世翌年，顾贞观黯然离开南归，誓言“不复拈长短句”，大有当年伯牙为子期绝弦的意味。

康熙二十九年（公元1690年），顾贞观再次返京吊唁挚友。康熙三十年（公元1691年），老师徐乾学亲自为纳兰性德编撰的《通志堂集》得以刊行，张纯修为他刻印了的《饮水词集》。两部书都由知己顾贞观亲自校正。

纳兰性德去世三年之后，康熙二十七年（公元1688年）二月，纳兰明珠遭到御史郭琇弹劾八条罪状，被罢相，后虽又被起用，但纳兰明珠权势尽失，纳兰家再也不复当年之盛。此后二十余年，纳兰明珠终日郁郁寡欢，于康熙四十七年（公元1708年）四月离世。

纳兰明珠之所以被罢相，据说是纳兰性德的恩师徐乾学在背后推波助澜，徐乾学因此得了反复小人的恶名。徐乾学终身仕途坎坷，晚年告老归田后，因与其子被控告贪赃枉法，被夺了爵禄及官衔，可谓晚节不保。康熙三十三年（公元1694年），康熙帝下旨召徐乾学还京修书，没等圣旨送到，徐乾学便已因病去世。

觉罗氏痛失爱子，康熙三十三年（公元1694年）八月，伤心离世。

沈宛归江南，留下《选梦词》《众香词》，词冷心更冷，可谓命薄如纸。

顾贞观回到家乡无锡后，在惠山脚下、祖祠之旁修建了三楹书屋，名之为“积书岩”。从此避世隐逸，心无旁骛，日夜拥读，一改风流倜傥、热衷交游的习性。康熙五十三年（公元1714年），卒于故里。

姜宸英留在了京城，处处受冷遇，直到康熙三十六年（公元1697年）七十岁始成进士，以殿试第三名授翰林院编修。越两年为顺天乡试副考官，因主考官舞弊，被连累下狱死。

纳兰性德留有三子四女，长子富格，次子富尔顿，三子富森。第二女古秀兰嫁给了翰林院侍讲学士年羹尧，早逝。孙子辈中，除长孙纳兰瞻岱后来成为重臣之外，史书记载中，不见有其他出色人物，大略皆已泯然众人。

后记

世事漫随流水，算来一梦浮生。

李煜与纳兰性德，婉约词史上这两朵素净莲花，便是如此一梦吧。

读罢《南唐二主词校订》，我尝试从那场血雨腥风中打捞出李后主的清影，令人讶异的是，纵然王朝倾覆，山河不复，在李煜的词作中，表现出的仍是纯然的悲伤——没有用力过度的呐喊愤懑，也没有故作姿态矫情夸饰，这种悲伤犹如淅淅小雨，永不衰绝，渗透读者的每一寸心田。世人曾慨叹，李煜如若没有当上皇帝，在词学造诣上恐要登峰造极；又有人反驳，若没有亡国之痛的刺激，李煜之词可能永远停留在吟风弄月的阶段。当然，历史不可重复，李煜二字之前将永远被附上“南唐后主”四字，这个伴随他生前身后的称号，他终究无法如愿抹去。

由此我们看见了两个李煜，一个是一国之尊的南唐君主，一个是温润如玉的翩翩词人，史学家以凌厉的角度分析前者，文学家则用温柔的眼光欣赏后者，失败与成功之间，只是视角的转换罢了。

在如今的南京江宁区祖堂山南麓，南唐二陵里还长眠着李煜的祖父李昪与父亲李璟，而李煜客死北方之后，虽历史记载葬于今洛阳市北，但至今仍未发现其陵寝。词人终究没有回到那落英缤纷、烟雨迷蒙的江南，其生也哀，其死也悲。

同样在身份的矛盾中纠结痛苦的还有清人纳兰性德。他被冠以一串精彩的描述：世家子弟，博通经史，工书法，擅丹青，精骑射，十七为诸生，十八举乡试，二十二岁殿试赐进士出身……褪去这些光环之后，纳兰性德不过是一往情深的丈夫，慷慨解囊的朋友，真情锐感的词人。

私以为，读《饮水词》需配之以某种仪式，最好待雨夜阑珊，一盏淡茶，一豆灯光，便可细细品之。悼亡之音哀婉缠绵，羁旅之苦惆怅伤怀，“词”这一文学体裁在宋朝大盛之后一度衰落，而至纳兰性德手中竟再度崛起，且重归婉约之宗，轰动一时。

只是如人饮水，冷暖自知，《饮水词》中的故事只有他一人知晓，学人的评价不过是读者尝试打开他心扉的一把钥匙；史书所载之事真真假假，世人乐此不疲地讲述着他的风流逸事，重重语言包裹之下，那个原原本本的纳兰性德确乎离现代读者越来越远了。

靠近他的方法只有一个，便是那一本不厚的《饮水词》。然而永远没有抵达的时候，即便是本书，也只能勾勒出他淡然的轮廓。纳兰性德，这个在清史中不可回避又无法演绎的男子，更代表着一种抒情方式，一种生活姿态，一种绚美如蝶的人生。

茫茫碧落，天上人间情一诺。银汉难通，稳耐风波愿始从。

愿两位词人在时间的长河中不再寂寞。